Cuentos de amor

T0165953

Contemporánea
Narrativa

Biografía

Hermann Hesse (Calw, Alemania, 1877 - Montagnola, Suiza, 1962), novelista y poeta, fue galardonado con el Premio Nobel de Literatura de 1946. Su obra es una de las más traducidas y laureadas de la literatura alemana. Expulsado del colegio por su inadaptación al sistema educativo, trabajó como ayudante en una librería, empleo que desempeñó hasta 1904. Durante la primera guerra mundial publicó una revista para prisioneros de guerra alemanes denunciando el nacionalismo y el militarismo desde su exilio en Suiza. Más tarde, Hesse estaría en la lista negra de autores de la Alemania nazi. Su experiencia como paciente de la terapia psicoanalítica (de la mano de J. B. Lang, discípulo de Jung) le influyó enormemente en una de sus novelas más conocidas, *Demian* (1919). Las obras posteriores de Hesse están repletas de referencias a los temas que más le preocupaban: la dualidad del hombre, y la permanente división entre la espiritualidad y la expresión de su naturaleza. Entre sus obras emblemáticas se encuentran *Siddhartha* (1922) y *El lobo estepario* (1927).

HERMANN HESSE

CUENTOS DE AMOR

Traducción de Ester Capdevila

AUSTRAL

El Aleph Editores

«Medianoche ha sonado con lengua de hierro.
Acostaos, amantes: es la hora de las hadas.
Por la mañana, lo sospecho, dormiremos
todo lo que hemos velado en esta noche.»

William Shakespeare,
Sueño de una noche de verano

Obra editada en colaboración con Editorial Planeta – España

Título original: *Liebesgeschichten* (edición de Volker Michels)

Hermann Hesse

© 1999, Suhrkamp Verlag Frankfurt am Main

© 1999, Traducción: Ester Capdevila Tomás

© 1999, Grup Editorial 62, S.L.U. – Barcelona, España

Derechos reservados

© 2022, Editorial Planeta Mexicana, S.A. de C.V.
Bajo el sello editorial AUSTRAL M.R.
Avenida Presidente Masarik núm. 111,
Piso 2, Polanco V Sección, Miguel Hidalgo
C.P. 11560, Ciudad de México
www.planetadelibros.com.mx

Diseño de la colección: Compañía
Diseño de portada: Austral / Área Editorial Grupo Planeta
Ilustración de portada: © Bridgeman Art Library / ACI

Primera edición impresa en España en Austral: enero de 2016
ISBN: 978-84-08-14922-4

Primera edición impresa en México en Austral: febrero de 2022
ISBN: 978-607-07-8320-3

Impreso en los talleres de Impresora Tauro, S.A. de C.V.
Av. Año de Juárez 343, Col. Granjas San Antonio,
Iztapalapa, C.P. 09070, Ciudad de México
Impreso y hecho en México / *Printed in Mexico*

ÍNDICE

ERA UN INVIERNO largo y riguroso, y nuestro hermoso río, que discurría por la Selva Negra, permaneció durante semanas completamente helado. No puedo olvidar aquel sentimiento peculiar, de repulsión y hechizo a la vez, con el que al inicio de un día gélido me adentré en el río, ya que éste era tan profundo y el hielo tan claro que dejaba ver, como a través de un fino cristal, el agua verde, el lecho arenoso con piedras, las fantásticas y enmarañadas plantas acuáticas y, de cuando en cuando, el dorso oscuro de un pez.

Pasaba la mitad del día sobre el hielo con mis compañeros, las mejillas ardientes y las manos amoratadas, el corazón palpitando enérgicamente por el fuerte y rítmico movimiento del patinaje, pletórico de la maravillosa y despreocupada capacidad de fruición de la adolescencia. Nos entrenábamos haciendo carreras, saltos de longitud, saltos de altura, y jugábamos a pillarnos. Los que todavía llevábamos los anticuados patines de bota, que se anudaban fuertemente con cordones, no éramos los que corríamos peor. Pero un chico, hijo de un fabricante, poseía un par de «Halifax», que no se sujetaban con cordones ni correas y que se ponían y quitaban en un abrir y cerrar de ojos. La palabra Halifax se mantuvo desde entonces durante muchos años en mi lista de regalos deseados por Navidad, pero sin ningún éxito; y cuando doce años más tarde, al querer comprar lo mejor en patines, pedí unos Halifax en una tienda, tuve que desprenderme, con gran consternación, de un ideal y de una parcela de mi fe infantil cuando me aseguraron sonriendo que los Halifax eran un modelo viejo, superado ya desde hacía tiempo. Prefería correr solo, a menudo hasta la caída de la noche. Iba a toda velocidad, y mientras patinaba, aprendía a detenerme o a dar la vuelta en el punto deseado; me balanceaba con el deleite de un aviador que mantiene el equilibrio mientras describe hermosas piruetas. Muchos de mis compañeros aprovechaban aquellos momentos sobre el hielo para ir detrás de las chicas y cortejarlas. Para mí, las chicas no existían. Mientras algunos se recreaban en el galanteo, ya fuera para rodearlas ansiosos y tímidos o para seguirlas en parejas con atrevimiento y desparpajo, yo disfrutaba del libre placer de deslizarme. A los «perseguidores de chicas» los observaba sólo con compasión o sorna. Porque gracias a las confesiones de varios de mis amigos, creía yo saber cuán dudosos eran en el fondo sus regodeos galantes.

Un día, hacia finales de invierno, de la escuela llegó a mis oídos la noticia de que «Cafre del Norte» había vuelto a besar a Emma Meier al quitarse los patines. ¡Besado! Se me agolpó la sangre en las mejillas. Sin duda, eso nada tenía que ver con las vagas conversaciones y los tímidos apretujones de manos que, de ordinario, bastaban para hacer las delicias de los perseguidores de chicas. ¡Besado! Aquéllo provenía de un mundo extraño, cerrado, vagamente intuido, que desprendía el aroma exquisito de las frutas prohibidas. Tenía algo de misterioso, de poético, de innombrable; pertenecía a aquel terrible y agridulce territorio, oculto a todos, pero lleno de presentimientos y someramente esclarecido con las lejanas y míticas aventuras amorosas de los héroes galanes expulsados de la escuela. «Cafre del Norte» era un escolar hamburgués de catorce años, fanfarrón hasta la médula, a quien yo veneraba profundamente y cuya fama, que trascendía los límites de la escuela, a menudo me impedía dormir. Y Emma Meier era indiscutiblemente la chica más guapa de Gebersau, rubia, despierta, orgullosa y de mi misma edad.

A partir de aquel día discurrí planes y preocupaciones de índole parecida. Besar a una chica: aquéllo sí superaba todos los ideales que me había forjado hasta entonces. Era un ideal tanto por lo que representaba en sí mismo como también porque, sin duda alguna, estaba prohibido y sancionado por el reglamento escolar. Pronto se me hizo evidente que nada mejor que la pista de hielo para dar pie a mi cortejo solemne. Acto seguido, procuré mejorar mi aspecto para hacerlo más presentable. Dedicaba tiempo y atención a mi peinado; cuidaba con esmero la limpieza de mi ropa; como seña de hombría, me ponía ladeada la gorra de piel, y tras implorárselo a mis hermanas, conseguí un pañuelo de seda rosa. Al mismo tiempo, empecé a saludar cortésmente a las chicas que me interesaban y constaté que ese desacostumbrado homenaje, aunque sorprendía, no era acogido con desagrado.

Me resultaba mucho más difícil, en cambio, llegar a entablar una primera conversación, porque jamás en mi vida me había «comprometido» con chica alguna. Intenté espiar a mis amigos en esta ceremonia de aproximación. Algunos se limitaban a hacer una reverencia y ofrecían la mano; otros tartamudeaban algo incomprensible; pero la gran mayoría se servía de la elegante fórmula: ¿Me concede el honor? La frase me impresionó y la practiqué en casa, en mi habitación, inclinándome delante de la estufa mientras pronunciaba las caballerosas palabras.

Llegó el momento de dar ese difícil primer paso. El día anterior había tenido veleidades de seductor, pero, acobardado, había vuelto a casa sin haberme atrevido a emprender nada. Por fin me había propuesto llevar a cabo, sin falta, lo que tanto temía y anhelaba. Con palpitaciones, acongojado como si fuera un criminal, fui a la pista de hielo y, al ponerme los patines, creí notar que me temblaban las manos. Me metí entre la multitud y tomé carrera con amplias piruetas procurando asimismo conservar algún residuo de mi seguridad y aplomo habituales. Crucé dos veces la pista entera a gran velocidad; el aire cortante y el movimiento intenso me sentaban bien. De pronto, justo debajo del puente, choqué violentamente contra alguien y, aturdido, me fui tambaleante hacia un lado. Pero sobre el hielo estaba sentada la hermosa muchacha, Emma, que reprimiendo a ojos vista su dolor, me lanzó una mirada llena de reproches. La cabeza me daba vueltas. «¡Ayudadme!», dijo a sus amigas. Entonces, ruborizado, me quité la gorra, me arrodillé y la ayudé a levantarse. Estábamos el uno delante del otro, asustados y desconcertados; no dijimos palabra. La pelliza, la cara y los cabellos de la hermosa chica me azoraban por su novedosa proximidad. Busqué sin éxito una forma de disculparme, a la vez que sujetaba la gorra con la mano. Y, de repente, mientras me parecía tener los ojos nublados, hice mecánicamente una profunda reverencia y balbucí: ¿Me concede el honor? No me contestó, pero tomó mis manos con sus delicados dedos, cuya calidez percibí a través de los guantes, y me siguió. Me sentía como en un extraño sueño. El sentimiento de felicidad, vergüenza, calidez, deseo y turbación me dejaba casi sin aliento. Corrimos juntos un cuarto de hora largo. De pronto, en un descanso, sus pequeñas manos se desasieron delicadamente de las mías, dijo un «muchas gracias» y siguió adelante, mientras yo, con cierta demora, me quité la gorra y permanecí todavía un buen rato en el mismo sitio. Sólo mucho después caí en la cuenta de que durante todo aquel tiempo ella no había pronunciado ni una palabra.

El hielo se derritió y no pude repetir mi intento. Fue mi primera aventura amorosa. Pero habían de pasar todavía años antes de que mi sueño se cumpliera y mi boca se posara en los rojos labios de una chica.

PIERO CONTÓ:

Esta noche hemos hablado de nuevo sobre el beso y hemos discutido acerca de qué clase de beso era el que nos procuraba más felicidad. Es propio de los jóvenes responder a eso; a nosotros, a la gente mayor, ya nos ha pasado la edad de tentativas y probaturas y, para esos importantes menesteres, sólo podemos recurrir a nuestra engañosa memoria. De mis humildes recuerdos, os quiero, pues, contar la historia de dos besos que fueron para mí a la vez los más dulces y los más amargos de mi vida.

A mis dieciséis o diecisiete años, mi padre poseía una casa de campo en la vertiente boloñesa de los Apeninos en la que pasé buena parte de mis años de adolescencia y juventud, época que ahora —lo entendáis o no— me parece la más bonita de toda mi vida. Ya hace tiempo que habría vuelto a ver esa casa o que me la habría quedado como lugar de reposo, si no hubiera sido porque, a causa de una desgraciada herencia, fue a parar a un primo mío con quien ya desde niño me llevaba mal y que, además, tiene un papel importante en esta historia.

Era un hermoso verano, no demasiado caluroso, y mi padre estaba en aquella pequeña casa conmigo y el citado primo, al que había invitado. Por aquel entonces, ya hacía tiempo que mi madre no vivía. Mi padre, todavía de buen ver, era un hombre apuesto, refinado, que a los jóvenes nos servía de modelo tanto en lo tocante a la equitación, la caza, la esgrima y los juegos como *in artibus vivendi et amandi*. Aún se movía ágilmente y casi de forma juvenil; tenía prestancia y fuerza y, poco antes se había casado por segunda vez.

El primo, que se llamaba Alvise, contaba con veintitrés años y era, tengo que reconocerlo, un hermoso joven. Esbelto y bien formado, con largos rizos y de cara fresca y sonrosadas mejillas, tenía además elegancia y aplomo; era un conversador y un cantante bien dispuesto; bailaba excelentemente y, ya entonces, era reputado por ser uno de los hombres más codiciados entre las mujeres de nuestra región. Que no nos pudiésemos ver uno a otro tenía su buena razón de ser. Conmigo, actuaba con altanería o con una insufrible condescendencia irónica, y aquella forma desdeñosa de tratarme, a mí, que precisamente superaba en sensatez a los de mi edad, me zahería cada vez más. Asimismo, yo, como buen observador que era, descubría muchos de sus secretos e intrigas, lo que naturalmente, a él, por su parte, le disgustaba sobremanera. Algunas veces intentó ganarse mi favor mediante una actitud falsamente amistosa, pero no me dejé engatusar. Si yo hubiese sido un poco mayor y más inteligente, le habría correspondido con el doble de astucia, me habría granjeado sus simpatías y le habría hecho caer en mi trampa en el momento oportuno. ¡Es tan fácil engañar a la gente mimada por el éxito y la fortuna! Pero aunque ya era lo suficientemente mayor para detestarlo, seguía siendo muy niño para conocer otras armas que no fuesen la frialdad y la oposición y, en lugar de devolverle con elegancia su saeta envenenada, sólo conseguía, con mi furia impotente, hundirla más profundamente en mi propia carne. Mi padre, a quien, como es lógico, no le pasaba desapercibida nuestra mutua animadversión, se reía de ella y se burlaba de nosotros. Apreciaba al guapo y elegante Alvise, y mi comportamiento hostil no le disuadía de invitarlo a menudo.

De esta forma pasamos juntos aquel verano. Nuestra casa de campo estaba espléndidamente situada en la colina y desde ella se divisaban, por encima de los viñedos, las lejanas llanuras. Por lo que sé, había sido construida por uno de los propietarios Albizzi, un florentino exiliado. Estaba rodeada de un bello jardín alrededor del cual mi padre había hecho levantar un nuevo muro. También hizo esculpir en piedra su blasón en el portal, mientras que, encima de la puerta de la casa todavía pendía el blasón del primer propietario, trabajado en piedra quebradiza y prácticamente irreconocible. Más allá, hacia la montaña, la caza era abundante; yo iba allí a pie o a caballo casi todos los días, ya fuera solo o con mi padre, que me instruía entonces en el arte de la cetrería.

Como he dicho, yo era todavía un chico, o casi. Pero en realidad ya no lo era, y me encontraba más bien en mitad de aquel período breve y peculiar en el que los jóvenes deambulan, ansiosos sin razón y tristes sin motivo, por una tórrida calle situada entre el perdido alborozo infantil y la todavía incompleta pubertad, como entre dos jardines perdidos. Naturalmente, escribía un montón de tercetos y poemas, pero aún no me había enamorado de otra cosa que no fuera un ensueño, aunque, de puro anhelo, creyera desvivirme por un amor verdadero. Así que corría de un lado a otro febrilmente, buscaba la soledad y me sentía desgraciado hasta lo indecible. Mis sufrimientos se multiplicaban por el hecho de tener que mantenerlos celosamente escondidos. Porque ni mi padre ni el odiado Alvise, como yo bien sabía, me habrían escatimado sus burlas. También escondía mis hermosas poesías por precaución, como habría hecho un avaro con sus ducados, y cuando me parecía que el cofre había dejado de ser un lugar seguro, llevaba la caja con los papeles al bosque y la enterraba; eso sí, comprobando todos los días que continuaba en su lugar.

En una de aquellas expediciones en busca del tesoro, vi por casualidad a mi primo, que esperaba en el linde del bosque. Como él no se había percatado de mi presencia, tomé inmediatamente otra dirección, pero no lo perdí de vista, tan acostumbrado estaba a observarlo, ya fuera por curiosidad o antipatía.

Al cabo de poco, vi que una joven sirvienta, perteneciente a nuestra casa, avanzaba y se acercaba a Alvise, que la aguardaba. Él le pasó el brazo por la cintura, la atrajo hacia sí y desapareció con ella en el bosque.

Entonces me invadió una cierta fiebre y sentí una violenta envidia hacia aquel primo mayor que yo, a quien veía coger frutos inaccesibles para mí. En la cena clavé mis ojos en los suyos, porque creía que por su mirada o sus labios se sabría de alguna forma que había besado y disfrutado del amor. Pero era el mismo de siempre y estaba tan alegre y locuaz como de costumbre. A partir de aquel momento me fue imposible observar a aquella sirvienta y a Alvise sin sentir un estremecimiento voluptuoso que me causaba placer y aflicción a la vez.

Por aquel entonces —estábamos en pleno verano— mi primo nos notificó un día que tendríamos nuevos vecinos. Un señor rico de Bolonia y su joven y hermosa esposa, a los que Alvise conocía desde hacia tiempo, se habían instalado en su casa de campo, situada a menos de media hora de la nuestra y un poco internada en el bosque.

Aquel señor también era un conocido de mi padre, y creo incluso que se trataba de un pariente lejano de mi difunta madre, quien procedía de la casa de los Pepoli; aunque de esto no estoy muy seguro. Su casa en Bolonia se hallaba cerca del Colegio de España. La casa de campo, en cambio, era propiedad de la mujer. El matrimonio e incluso sus tres hijos, que por aquella época todavía no habían nacido, han muerto ya. Y, a excepción de mí mismo, de los que nos reunimos en aquella ocasión sólo mi primo Alvise continúa vivo, y tanto él como yo ya somos viejos sin que, a pesar de ello, nos llevemos mejor.

Al día siguiente, en un paseo a caballo, nos encontramos con el boloñés. Lo saludamos, y mi padre lo animó a visitarnos pronto junto con su mujer. Aquel señor no me pareció mayor que mi padre, pero no cabía comparar a aquellos dos hombres, pues mi padre era alto y de distinguida figura, y el otro, bajo y poco agraciado. Se mostró muy cortés con mi padre, me dirigió algunas palabras y aseguró que nos visitaría al día siguiente, a lo que mi padre correspondió inmediatamente con una invitación a comer de lo más amistosa. El vecino nos lo agradeció, y nos despedimos obsequiosamente y con la mayor de las satisfacciones.

Al día siguiente, mi padre encargó una buena comida y también hizo poner una guirnalda de flores en la mesa en honor de la dama forastera. Esperábamos a nuestros invitados con gran júbilo y emoción y, cuando llegaron, mi padre fue a su encuentro al portal y él mismo ayudó a la dama a desmontar del caballo. Nos sentamos alegremente a la mesa, y durante la comida no pude por menos que admirar a Alvise por encima de mi propio padre. Sabía contar a los forasteros, especialmente a la dama, tantas cosas ocurrentes, lisonjeras y divertidas, que provocaba el alborozo general sin que, ni por un momento, decayeran las charlas y las risas. En aquella ocasión me propuse adquirir yo también aquella valiosa habilidad.

Pero sobre todo me entretuve con la contemplación de aquella noble dama. Era excepcionalmente hermosa, alta y esbelta, iba lujosamente vestida y sus gestos rezumaban naturalidad y seducción. Me acuerdo a la perfección de que en su mano izquierda, justo a mi lado, llevaba tres anillos de oro con grandes piedras preciosas y, en el cuello, una cadenita de oro con pequeñas láminas cinceladas al estilo florentino. Cuando la comida llegaba a su fin y, tras haber contemplado a la dama a placer, yo ya me sentía perdidamente enamorado de ella y experimentaba por vez primera, y de verdad, aquella dulce y perniciosa pasión con la que tanto había soñado y que tantos poemas me había inspirado.

Una vez retirada la mesa nos fuimos todos a descansar un rato. Al salir después al jardín nos instalamos a la sombra y nos deleitamos con entretenimientos varios, en el transcurso de los cuales tuve ocasión de declamar una oda latina y cosechar algunas alabanzas. Al atardecer, comimos en la logia y cuando empezó a oscurecer, los invitados se prepararon para volver a casa. Me ofrecí inmediatamente a acompañarlos, pero Alvise ya había mandado buscar su caballo. Nos despedimos, los tres caballos emprendieron el camino, y yo me quedé con las ganas.

Aquella tarde y por la noche tuve la oportunidad de experimentar por primera vez algo de la verdadera esencia del amor. A lo largo del día me había sentido tan plenamente feliz con la contemplación de la dama, como afligido y desconsolado me quedé a partir del momento en que ella abandonó nuestra casa. Al cabo de una hora oí con desolación y envidia cómo mi primo volvía, cerraba el portal y entraba en su habitación. Después, me pasé la noche entera en la cama sin poder dormir, exhalando suspiros y lleno de inquietud. Intentaba reproducir con exactitud los rasgos de la dama; sus ojos, cabellos y labios, sus manos y dedos y cada una de las palabras que había pronunciado. Murmuré por lo bajo su nombre más de cien veces, tierna y tristemente, y fue un milagro que al día siguiente nadie reparara en mi alterado aspecto. Durante todo el día no hice otra cosa que idear estratagemas y medios que me permitieran volver a ver a la dama y obtener de ella, en lo posible, algún que otro gesto amable. Naturalmente, me torturé en vano: no tenía experiencia alguna, y en el amor todos, incluso los más afortunados, empiezan necesariamente con una derrota.

Un día después me atreví a acercarme a aquella casa de campo, lo que podía hacer fácilmente a hurtadillas, puesto que se hallaba cerca del bosque. Me escondí cauteloso en el linde de la arboleda y a lo largo de varias horas estuve espiando sin que apareciera nada más que un gordo e indolente pavo real, una doncella cantando y una bandada de blancas palomas. A partir de entonces, corría todos los días hacia allí; en un par o tres de ocasiones, tuve incluso el placer de ver a Donna Isabella pasear por el jardín o asomarse a una ventana.

Poco a poco me volví más audaz y me abrí paso varias veces hacia el jardín, cuya puerta, casi siempre abierta, estaba protegida por altos matorrales. Me camuflaba debajo de ellos de tal forma que podía divisar varios caminos y situarme asimismo bastante cerca de un pequeño pabellón, a que por las mañanas Isabella gustaba de visitar. Allí pasaba yo la mitad del día, sin sentir hambre ni fatiga, temblando de gozo y angustia apenas lograba atisbar a la hermosa mujer.

Un día me encontré con el boloñés en el bosque y corrí doblemente feliz hacia mi puesto, pues sabía que él no estaría en casa. Por esta razón me atreví a internarme más que de costumbre en el jardín y me escondí cerca del pabellón, agazapado tras un oscuro matorral de laurel. Al percibir ruidos en el interior, supe que Isabella estaba allí. En un momeno dado me pareció incluso oír su voz, pero tan débilmente que no estuve del todo seguro. Desde mi penoso acecho, esperaba con paciencia la ocasión de ver su cara, al tiempo que me atenazaba constantemente el miedo a que su marido volviera y me descubriese por azar. Para mi mayor fastidio y pesar, la ventana del pabellón que daba a mi escondrijo estaba cubierta por una cortina de seda azul, de manera que no me era posible atisbar el interior. Con todo, me tranquilizó un poco pensar que desde aquel lado de la villa tampoco yo podía ser visto.

Tras haber aguardado más de una hora me pareció que la cortina azul empezaba a moverse, como si desde dentro alguien intentase escudriñar el jardín a través de una rendija. Permanecí bien escondido y, emocionado, me mantuve a la expectativa, ya que no estaba ni a tres pasos de la ventana. El sudor se deslizaba por la frente y mi corazón palpitaba con tanta fuerza que temí que pudieran oírlo.

Lo que aconteció después me hirió más que si un sablazo hubiera atravesado mi corazón inexperto. De un tirón, la cortina se descorrió a un lado y, rápido como un rayo, aunque con mucho sigilo, saltó un hombre por la ventana. Apenas me había recuperado de aquella indecible consternación y ya me enfrentaba a otra nueva sorpresa: porque acto seguido reconocí en aquel hombre audaz a mi primo y enemigo. Como si un relámpago hubiera cruzado mi mente, en un instante lo comprendí todo. Me puse a temblar de rabia y celos y estuve en un tris de saltar y precipitarme sobre él.

Alvise se había incorporado, sonreía y miraba con cautela a su alrededor. En aquel mismo instante, Isabella, que había abandonado el pabellón por la puerta principal, apareció en la esquina, se aproximó hacia él sonriente, y dulce y suavemente le murmuró: «¡Ahora vete, Alvise, vete! ¡Addio!».

Mientras ella se inclinaba, él la abrazó y apretó su labios a los suyos. Se besaron una sola vez, pero tan largamente y con tal avidez y ardor, que en aquel minuto mi corazón debió latir cuando menos mil veces. Nunca había visto tan de cerca la pasión, hasta entonces sólo conocida a través de poemas y relatos, y la visión de mi Donna posando sus labios rojos, sedientos y golosos, sobre la boca de mi primo casi me hizo perder la cabeza.

Aquel beso, señores míos, fue a la vez el más dulce y el más amargo de todos los que yo mismo he dado y recibido en mi vida, a excepción quizá de uno del que pronto os hablaré.

Aquel mismo día, mientras mi alma todavía temblaba como un pájaro lastimado, fuimos invitados a pasar el día siguiente en la casa del boloñés. Yo no quería ir, pero mi padre me lo ordenó. Así pues, pasé otra noche atormentado y sin dormir. Montamos al fin los caballos y nos dirigimos sin prisa hacia aquella puerta y aquel jardín que yo tan a menudo había franqueado en secreto. Pero mientras que para mí aquello era de lo más penoso y mortificante, Alvise observaba el pabellón y el matorral de laurel con una sonrisa que a mí no podía por menos que sacarme de quicio.

Aunque mis ojos estuvieron también esa vez continuamente pendientes de Donna Isabella, cada una de aquellas miradas me causaba un sufrimiento atroz, puesto que, delante de ella, en la mesa, se sentaba el odiado Alvise, y no me era posible observar a la hermosa dama sin representarme con todo lujo de detalles la escena del día anterior. Sin embargo, no paré de contemplar sus labios seductores. La mesa estaba espléndidamente abastecida de manjares y vino, la charla transcurría chispeante y animosa, pero ningún bocado me parecía sabroso y, a lo largo de la conversación, no me atreví a despegar los labios. Mientras que todos estaban contentos a más no poder, a mí la tarde me pareció más larga y difícil que una semana de penitencia.

Durante la cena el sirviente anunció que en el patio había un mensajero que deseaba hablar con el propietario de la casa. Así que éste se disculpó, prometió volver enseguida y se fue. Mi primo llevaba de nuevo el peso de la conversación. Pero mi padre, creo, había adivinado lo que pasaba entre él e Isabella y se complacía en importunarlos con alusiones y extrañas preguntas. Entre otras cosas, le preguntó a la dama bromeando:

—Dígame, pues, Donna, ¿a quién de nosotros daría usted más gustosamente un beso?

Entonces, la hermosa mujer estalló en risas y respondió rauda:

—¡Gustosamente le daría un beso a aquel guapo muchacho de allí!

Con ésas, se levantó de la mesa, se dirigió hacia mí y me dio un beso; pero éste no fue como el del día anterior, largo y ardiente, sino frío y escueto.

Y creo que, de todos los besos nunca recibidos de una mujer amada, aquél fue el que mayor placer y mayor daño me causó.

QUERIDA SEÑORA,

Una vez me invitó a escribirle. Creía usted que para un joven con talento literario sería una delicia poder escribir una carta a una hermosa y honorable dama. Tiene usted razón: es un placer.

Y además ya se habrá percatado de que escribo mil veces mejor de lo que hablo. Así que le escribo. Éste es el único medio de que dispongo para complacerla mínimamente, cosa que deseo de todo corazón. Porque la amo, querida señora. Permítame explicárselo bien. Es necesario que lo aclare puesto que en caso contrario me podría usted malinterpretar; y también quizá me corresponde en justicia hacerlo, ya que ésta es la única carta que le escribiré. Y ahora, dejémonos ya de preámbulos.

A mis dieciséis años, con una peculiar y quizá precoz melancolía, constaté que las alegrías de la infancia se me hacían cada vez más extrañas y que se desvanecían al fin. Veía a mi hermano pequeño construir canales de arena, arrojar lanzas, cazar mariposas, y envidiaba el placer que todo ello le reportaba y de cuyo apasionado fervor todavía me acordaba yo muy bien. Para mí era ya algo perdido; no sabía desde cuándo ni por qué, y en su lugar, puesto que tampoco podía participar de los placeres adultos, habían irrumpido la insatisfacción y la nostalgia.

Con gran ahínco, pero sin constancia alguna, me ocupaba ora en la historia, ora en las ciencias naturales. Me pasaba una semana entera, día y noche, elaborando preparados botánicos para luego, durante los catorce días siguientes, no dedicarme a otra cosa que a leer a Goethe. Me sentía solo, desvinculado de la vida a mi pesar, y procuraba instintivamente salvar este abismo a través del estudio, el saber y el conocimiento. Por vez primera, veía nuestro jardín como una parte de la ciudad y del valle; el valle, como un recorte de las montañas; las montañas, como una porción claramente delimitada de la superficie terrestre.

Por vez primera consideraba las estrellas como cuerpos cósmicos; los montes, como formas originadas por fuerzas terrestres; y, también por vez primera, interpretaba la historia de los pueblos como una parte de la historia de la Tierra. Entonces aún no lo podía expresar ni tenía palabras para describirlo, pero todo ello palpitaba en lo más hondo de mi ser.

Resumiendo, en aquella época empecé a pensar. De manera que contemplaba mi vida como algo condicionado y limitado, y eso despertó en mí el deseo, que el niño todavía desconoce, de convertir mi existencia en lo más bueno y hermoso posible. Probablemente todos los jóvenes experimentan más o menos lo mismo, pero yo lo relato como si hubiera sido una vivencia excesivamente personal porque es lo que, a fin de cuentas, fue para mí.

Insatisfecho y consumido por el deseo de lograr lo inalcanzable, iba viviendo de aquella forma: industrioso, pero inconstante, febril, y aun así a la búsqueda de nuevos ardores. Entretanto, la naturaleza fue más sabia y resolvió el difícil rompecabezas en el que me encontraba. Un día me enamoré y reanudé de improviso todos los vínculos con la vida, con más intensidad y mayor riqueza que antes.

Desde entonces he vivido horas y días sublimes y deliciosos, pero nada comparable con aquellas semanas y meses en los que, enardecido y plenamente colmado, me inundaba un constante fluir de sentimientos. No pretendo contarle la historia de mi primer amor; no viene al caso, y las circunstancias externas también hubieran podido ser otras. Pero me gustaría describirle en pocas palabras la vida que llevaba en aquel tiempo, aunque sé de antemano que no lo lograré. Aquel irrefrenable afán llegó a su fin. De pronto me encontré en medio de un mundo vivo, y miles de lazos me unieron de nuevo a la Tierra y a los hombres. Mis sentidos parecían transformados; más agudizados y despiertos. Especialmente la vista. Lo percibía todo de una forma completamente distinta. Como un artista, veía las cosas con más claridad, más color, y era feliz con la mera contemplación.

El jardín de mi padre se hallaba en todo su esplendor. Los arbustos florecientes y los árboles, con su espeso follaje estival, se recortaban sobre el cielo profundo; las enredaderas trepaban a lo largo del alto muro de contención, y por encima descansaba la montaña, con sus rojizos peñascos y sus bosques de abetos azul oscuro. Me detenía a contemplarlo, embelesado al ver lo maravillosamente hermosa, vital, llamativa y radiante que era cada una de aquellas imágenes. Las flores balanceaban sus tallos con tal suavidad y sus vistosas corolas me resultaban tan conmovedoramente delicadas y tiernas, que me veía impelido a amarlas y disfrutarlas como si de composiciones poéticas se tratara. Incluso me llamaban la atención muchos ruidos que nunca antes había percibido: el rumor del viento entre los abetos y la hierba, el canto de los grillos en los campos, el trueno de una tormenta lejana, el murmullo del río que se aproxima a un dique y los gorjeos de los pájaros. Al atardecer, veía y oía a los insectos que revoloteaban en la dorada luz del crepúsculo y escuchaba el croar de las ranas en el estanque. De repente miles de menudencias pasaron a ser valiosas e importantes para mí; me llegaban al corazón como verdaderos acontecimientos. Así sucedía, por ejemplo, cuando por la mañana regaba algunos parterres del jardín, para pasar el rato, y veía como las raíces y la tierra bebían, tan agradecidas y ávidas. O cuando a la hora del calor, en pleno día, contemplaba a una pequeña mariposa azul zigzaguear como si estuviera borracha. O bien observaba el despliegue de una tierna rosa. O cuando desde la barca, de noche, sumergía la mano y notaba el delicado y tibio transcurrir del río entre mis dedos.

Padecía el tormento de un desconcertante primer amor, me acuciaba una incomprensible desazón y convivía con el anhelo, la esperanza y el desánimo. Pero a pesar de la nostalgia y la angustia amorosa, era, en todos y cada uno de aquellos instantes, profundamente feliz. Todo lo que me rodeaba me resultaba precioso y lleno de sentido; no había lugar para la muerte o el vacío. No he perdido del todo aquellas sensaciones, pero no han vuelto nunca más con la misma fuerza y continuidad. Y experimentar de nuevo todo aquello, apropiármelo y conservarlo, es ahora mi imagen de la felicidad.

¿Quiere continuar leyendo? Desde aquella época hasta aquí, he estado siempre enamorado de una forma u otra. De todo lo que he conocido, me parece que nada hay más noble, ardiente e irresistible que el amor a las mujeres. No siempre he mantenido relaciones con mujeres o muchachas; tampoco he amado siempre a conciencia a una sola de ellas, pero de alguna manera mi mente ha estado siempre ocupada en el amor, y mi culto a la belleza se ha manifestado, de hecho, en una constante adoración a las mujeres.

No quiero contarle historias de amor. Una vez,

durante algunos meses, tuve una amante y recogí, casi sin querer y de paso, esporádicos besos, miradas y noches de amor; pero mis amores verdaderos han sido siempre desventurados. Si hago memoria, constato que el sufrimiento por un amor imposible, la angustia, la incertidumbre y las noches en vela han sido infinitamente mejores que todos los pequeños éxitos y golpes de suerte juntos.

¿Sabe que estoy profundamente enamorado de usted? La conozco desde hace ya un año, aunque sólo he ido a su casa en cuatro ocasiones. Cuando la vi por primera vez, llevaba usted en su blusa gris perla un broche decorado con el lis florentino. Otro día la divisé en la estación mientras subía a un exprés parisino. Tenía un billete para Estrasburgo. Por aquel entonces, usted todavía no me conocía.

Más adelante fui a su casa en compañía de mi amigo; en aquella ocasión yo ya estaba enamorado de usted. Sólo se percató de ello en mi tercera visita; la noche del concierto de Schubert. O al menos, eso me pareció. Bromeó primero a propósito de mi formalidad, después sobre el lirismo con el que me expresaba y, al despedirnos, se mostró usted bondadosa y un poco maternal. Y la última vez, tras haberme facilitado su dirección de veraneo, me dio permiso para escribirle. Y esto es lo que he hecho ahora, después de darle muchas vueltas.

¿Cómo encontrar las palabras para despedirme? Le he dicho que esta primera carta mía también sería la última. Acoja estas confesiones, que quizá tienen algo de ridículo, como lo único que puedo darle y como muestra de mi estima y amor. Al pensar en usted y admitir lo mal que he representado el papel de enamorado, experimento ciertamente algo de aquella maravilla que le he estado describiendo. Ya es de noche delante de mi ventana; todavía cantan los grillos en la hierba húmeda del jardín, y en buena medida, reconozco en este entorno algo de aquel fantástico verano. Me digo que quizá podré revivir todo aquello algún día si me mantengo fiel al sentimiento que me ha impulsado a escribir esta carta. Me gustaría renunciar a todas las astucias que para la mayoría de los jóvenes se derivan del enamoramiento y que son de sobra conocidas para mí: me refiero a aquel juego, medio sincero medio artificial, de la mirada y el gesto; al servirse mezquinamente del ambiente y el momento oportuno; al jugueteo de los pies bajo la mesa y al uso impropio de un besamanos.

No acierto a expresar debidamente lo que siento. Pero sin duda alguna me habrá comprendido. Si es usted tal y como a mí me gusta imaginar, mis confusas palabras le podrán hacer reír de buena gana sin que, por ello, disminuya ni un ápice su aprecio por mí. Es posible que yo mismo me ría un día de eso; hoy por hoy, no puedo ni me apetece hacerlo.

Con todos mis respetos, de su leal admirador,

B.

DE ENTRE TODOS mis conocidos, es sin duda mi amigo Thomas Höpfner el que más experiencia posee
en el amor. Por lo menos ha tenido muchas aventuras, conoce el arte de la seducción de tanto practicar-
lo y puede jactarse de sus múltiples conquistas.
Cuando me habla de ellas, tengo la sensación de no
ser más que un chiquillo. Sin embargo, de vez en
cuando, me da por pensar que de la verdadera esencia del amor entiende él tan poco como un servidor.
No creo que a lo largo de su vida se haya pasado muchas noches en vela o llorando por una mujer. En
cualquier caso, raramente ha tenido necesidad de
ello y lo celebro por él ya que, a pesar de su éxito, no
es un hombre feliz. Antes bien constato que no es
raro que se adueñe de él una cierta melancolía, y de
su conducta en general se desprende un algo de resignada calma y contención que nada tiene que ver
con la complacencia.

Ahora bien, todo esto son elucubraciones y quizá
espejismos. La psicología sirve para escribir libros,
pero no para ahondar en la personalidad de los hom-

bres; y además, no soy psicólogo. Sea como fuere, a mi juicio, mi amigo Thomas es sólo un experto en el juego amoroso porque carece de aquello que le permitiría acceder al amor, donde ya no cabe hablar de juego. En consecuencia es una persona melancólica porque reconoce su deficiencia y la lamenta. En fin, meras elucubraciones, espejismos, quizá.

Me llamó la atención, lo que me contó no hace mucho de la señora Förster a pesar de no tratarse de una verdadera experiencia ni siquiera de una aventura, sino simplemente de un sentimiento, de una anécdota lírica.

Coincidí con Höpfner cuando se disponía justamente a abandonar La Estrella Azul, y le persuadí de que tomásemos juntos una botella de vino. Para que fuera él quien me invitase a una bebida de más calidad, encargué una botella de vino de Mosela corriente, que yo tampoco suelo beber. Mi amigo, enojado, requirió al camarero:

—Espere, ¡vino de Mosela, no!

E hizo que nos sirvieran uno de buena marca. A mí me pareció bien y, bajo los efectos del buen vino, pronto nos pusimos a charlar. Con tiento, saqué a colación el tema de la señora Förster. Era una hermosa mujer de poco más de treinta años, que no hacía mucho que vivía en la ciudad y de quien se decía que había tenido numerosos romances.

Su marido era una nulidad, y recientemente me había enterado de que mi amigo frecuentaba su casa.

—Pues hablemos de la señora Förster —dijo él finalmente, dándose por vencido— puesto que tanto te interesa. ¿Qué decir? No ha pasado nada entre nosotros.

—¿Nada de nada?

—De lo que la gente supone, no. Nada de lo que pueda realmente decir algo. Tendría que ser poeta.

Me eché a reír.

—No sueles tener a los poetas en mucha estima.

—¿Por qué debería tenérsela? Los poetas son en su mayor parte gente a quien nada acontece. Te puedo asegurar que en mi vida han sucedido ya miles de cosas dignas de ser escritas. En cada una de estas ocasiones, me he preguntado por qué no había poeta alguno que experimentase algo parecido y pudiera inmortalizarlo. En vosotros es más el ruido que las nueces; una bagatela cualquiera os basta para elaborar un cuento entero.

—¿Y lo de la señora Föster?¿Es también un cuento?

—No, es un boceto, un poema. Un sentimiento, ya ves.

—Bueno, pues te escucho.

—Pues me parecía una mujer interesante. Lo que la gente decía, ya sabes. A tenor de lo que podía juzgar desde lejos, debía de haber vivido lo suyo. Me daba la impresión de que había conocido y amado a hombres de toda condición sin haber aguantado a ninguno de ellos por mucho tiempo. Además, era hermosa.

—¿Qué entiendes por hermosa?

—Muy sencillo; no hay en ella nada superfluo,

nada que esté de más. Cultiva su cuerpo, lo domina y pone la voluntad a su servicio. Nada en él es indisciplinado, fallido o inerte. No puedo concebir circunstancia alguna en la que ella ho haya intentado sacar el máximo partido posible de su belleza. Justamente esto me atraía, pues lo ingenuo, de ordinario, me resulta aburrido. Busco la belleza consciente, las formas educadas, la cultura. Pero ¡dejemos estar la teoría!

—Sí, mejor.

—Así que me di a conocer y le hice algunas visitas. En aquel momento era fácil advertir que no tenía amante. El marido, por su parte, no es más que un títere. Empecé a abordarla: le lanzaba alguna que otra mirada en la mesa, le susurraba una dulce palabra al entrechocar nuestras copas en un brindis, le daba un prolongado beso en la mano. Ella lo aceptaba aguardando lo que vendría a continuación. Así que le hice una visita en un momento en el que sabía que estaría sola; y me recibió.

»Cuando me senté frente a frente, enseguida me di cuenta de que allí no valían las estrategias. De modo que me lo jugué todo a una carta y le dije simplemente que estaba enamorado de ella y que me tenía a su disposición. Después entablamos poco más o menos la conversación que sigue:

»—Hablemos de algo más interesante.

»—No hay nada que pueda interesarme más que usted, señora. He venido para decirle esto. Si la aburro, me voy.

»—Vamos al grano, ¿qué quiere de mí?

»—¡Amor, señora!

»—¡Amor! Apenas lo conozco y no le amo.

»—Ya verá que no se trata de una broma. Le ofrezco todo mi ser y todo mi potencial, y soy capaz de mucho si ha de redundar en su bien.

»—Sí, esto dicen todos. En su declaración de amor no hay nada nuevo. ¿Cómo pretende usted encender mi fervor? Si de verdad me hubiera usted amado, ya hace tiempo que habría hecho algo.

»—¿Qué, por ejemplo?

»—Eso debe saberlo usted mismo. Habría podido ayunar durante ocho días o matarse de un tiro o, cuando menos, escribir poesía.

»—No soy poeta.

»—¿Por qué no? Quien ama de la única forma que cabría amar se transforma en poeta o en héroe para obtener una sonrisa, una señal, una palabra de la persona amada. Aunque sus poemas no fueran buenos, tendrían sin embargo pasión y estarían llenos de amor.

»—Tiene razón, señora. No soy poeta ni héroe, y tampoco estoy dispuesto a dar mi vida. Si lo hiciera, sería por el dolor que me causa no alcanzar la intensidad y el arrobo que usted reclama del amor. Pero en cambio tengo otra cosa; mi única pequeña ventaja por encima de su amante ideal: la entiendo.

»—¿Qué es lo que entiende?

»—Que siente nostalgia, como yo. No desea un amante, sino amar; amar total y perdidamente. Y no lo consigue.

»—¿Eso cree?

»—Sí. Busca el amor, como yo. ¿No es así?

»—Puede.

»—Ésta es la razón por la que no me necesita y, ya que así es, dejaré de molestarla. Pero a lo mejor, antes de que me vaya, me podrá decir si tan siquiera una vez ha hallado usted el verdadero amor.

»—Una vez, quizá. Ya que hemos llegado hasta aquí, se lo puedo confesar. Sucedió hace tres años. Entonces tuve por vez primera el sentimiento de ser verdaderamente amada.

»—¿Puedo saber más?

»—Si quiere… En una ocasión, vino un hombre, nos conocimos y se enamoró de mí. Al saber que yo estaba casada, no se me insinuó. Y al percatarse de que no me llevaba bien con mi marido y tenía un amante, me propuso disolver mi matrimonio. No fue posible, y a partir de entonces se ocupó de mí, nos protegió, me aconsejó y se convirtió en mi mejor apoyo y amigo. Y cuando, por causa suya, abandoné finalmente al amante para aceptarlo a él, me rechazó y no volvió nunca más. Éste es el único hombre que me ha amado; no ha habido nadie más.

»—Entiendo.

»—¿Ahora se va usted, no? Quizá hemos hablado ya demasiado.

»—Le digo adiós, sí, y es mejor que no vuelva.

Mi amigo calló; al cabo de un rato llamó al camarero, pagó y se fue. Y por este relato, entre otros, deduje que no era capaz de amar de todo corazón.

Hasta él mismo lo había reconocido. Sin embargo, es justamente en las ocasiones en las que un hombre habla de sus defectos cuando menos crédito hay que dar a sus palabras. Muchas personas están la mar de satisfechas de cómo son simplemente porque se exigen poco a sí mismas. Éste no es el caso de mi amigo y también es posible que precisamente el ideal de lograr el amor verdadero lo haya convertido en lo que es. También puede ser que mi amigo, que tiene mucho de listo, se haya burlado de mí y aquella conversación con la señora Förster no fuera más que una invención. Porque hay en él, por más que se resista a admitirlo, un poeta encubierto.

En fin, meras elucubraciones; espejismos, quizá.

DURANTE TRES AÑOS trabajé como ayudante en una librería. Al principio cobraba ochenta marcos al mes, después noventa, más tarde noventa y cinco, y me sentía contento y orgulloso de ganarme el pan sin necesidad de aceptar un penique de nadie. Mi máxima ambición era llegar a trabajar de librero de viejo, de forma que pudiera, como un bibliotecario, vivir entre viejos libros y datar incunables y grabados en madera. En las buenas librerías de ocasión había puestos que se remuneraban con doscientos cincuenta marcos o más. De todos modos, aún me quedaba mucho camino por recorrer. Era cuestión de trabajar y trabajar...

Entre mis compañeros había tipos raros. Con frecuencia me daba la impresión de que la librería era un asilo para marginados de toda condición. A mi lado, en el pupitre, se sentaban pastores que habían perdido la fe, eternos estudiantes desmoralizados, doctores en filosofía sin empleo, redactores que ya no eran aptos para su trabajo y oficinistas que recibían una modesta pensión. Muchos tenían mujer e hijos y andaban con la ropa hecha jirones; otros vivían con relativa comodidad; a la mayoría, sin embargo, el sueldo sólo les alcanzaba hasta el primer tercio del mes, y durante el resto del tiempo se contentaban con cerveza, queso y fanfarronas soflamas. Sin embargo, todos ellos guardaban, de tiempos más gloriosos, un asomo de buenas maneras y de cultivada retórica y estaban convencidos de que sólo una inaudita mala suerte explicaba su descenso hasta aquellos humildes puestos.

Gente rara, como he dicho. Pero, sin embargo, a un hombre como Columban Huß todavía no lo había visto nunca. Vino un día a mendigar a la oficina y casualmente encontró un modesto puesto vacante como escribiente, que aceptó agradecido y que conservó durante más de un año. En realidad no hacía ni decía nada de particular y vivía, aparentemente, como cualquiera de los otros pobres empleados. Pero se veía que no siempre había sido así. Debía de tener algo más de cincuenta años y era de complexión robusta, como un soldado. Se movía con nobleza y distinción y su mirada semejaba a la que, según me figuraba yo entonces, debían de tener los poetas.

Como Huß se olía mi secreta estima y mi aprecio, un día se vino conmigo a la fonda. En esos casos, se perdía en trascendentales disquisiciones sobre la vida y permitía que yo le pagara la consumición. Lo que ahora relataré es lo que él me dijo en el atardecer de un día de julio. Al ser mi cumpleaños, fuimos juntos a tomar una pequeña cena; habíamos bebido vino y paseábamos río arriba por la avenida en medio de la cálida noche. Se estiró en un banco de piedra situado debajo del último tilo, mientras que yo me tumbé en la hierba. Empezó a hablar:

—Usted no es más que un pipiolo y no sabe todavía nada de la vida. Yo soy un perro viejo; si no fuera así, no le contaría esto. Si es usted una persona cabal, se lo guardará para sí y no irá con chismes. Pero haga lo que quiera.

»Al mirarme, ve usted a un pobre escribiente de curvos dedos y raídos pantalones. Y si quisiera usted acabar conmigo, no me opondría a ello. En mí queda poco por matar. Y si le digo que mi vida ha sido tempestuosa y ardiente... ¡pues, sí, ríase usted! Pero se le pasarán las ganas, jovencito, si una noche de verano, escucha la fábula que le cuenta un viejo.

»Ya ha estado enamorado, ¿no? Varias veces, ¿verdad? Sí, sí. Pero todavía no sabe lo que es el amor. No lo sabe, le digo. ¿Quizás ha estado llorando durante toda una noche? ¿Y ha pasado un mes entero durmiendo mal? ¿Tal vez ha llegado a escribir poemas y ha jugado un poco con la idea del suicidio? Sí, ya conozco todo eso, pero eso no es amor. El amor es otra cosa.

»No hace ni diez años que yo era todavía un hombre respetable que pertenecía a la mejor sociedad. Era funcionario y oficial de la reserva; vivía con cierto lujo y era independiente; poseía un caballo de silla y un sirviente, tenía toda suerte de comodidades y me daba la buena vida: asientos de palco, viajes en verano, una pequeña colección de arte, equitación, vela, tertulias nocturnas regadas con burdeos blanco y tinto y desayunos con champán y sherry.

»Me acostumbré durante muchos años a ese tren de vida, pero también he prescindido de ello con relativa facilidad. ¿Qué hay, en definitiva, en comer y beber, ir a caballo y viajar? Un poco de filosofía, y todo se torna superfluo y ridículo. Incluso la sociedad y la buena reputación y el hecho de que la gente se quite el sombrero delante de uno, por agradable que sea, resulta a fin de cuentas irrelevante.

»Queríamos hablar de amor, ¿no? Pues bien, ¿qué es el amor? Hoy en día rara vez se está dispuesto a dar la vida por una mujer. Eso sería, claro está, lo más hermoso. No me interrumpa. No me estoy refiriendo al amor entre dos personas, a besarse, dormir juntos y contraer matrimonio. Hablo del amor que se ha convertido en el único sentimiento que rige una vida. Este amor se vive en solitario, incluso en el caso de que, tal y como dice la gente, sea «correspondido». Consiste en que toda la voluntad y capacidad de un hombre se vean impetuosamente arrastradas hacia un único fin y en el hecho de que cualquier sacrificio se trueque en deleite. Esta forma de amor no hace feliz; quema, hace sufrir y destruye; es fuego y no puede morir sin haber consumido todo lo que encuentra a su paso.

»Sobre la mujer que yo amé no es preciso que sepa nada. Quizá era extraordinariamente hermosa, quizá simplemente guapa. Tal vez era un genio, tal vez no. ¡Qué más da, Dios mío! Ella fue el abismo en el que ineludiblemente me precipité; fue la mano de Dios que se asió un día a mi humilde existencia. Y a partir de entonces, esta humilde existencia pasó a ser grande y regia. Entiéndalo, de repente ya no llevé la vida de un hombre de posición, sino la de un dios y la de un niño, delirante y disparatada; era fuego y ardor.

»Desde entonces todo lo que había sido importante para mí se volvió baladí y aburrido. Descuidaba cosas que nunca antes había descuidado; urdía triquiñuelas y emprendía viajes sólo para verla sonreír un instante. Por ella me convertía en el hombre que podía hacerla feliz: por ella era yo alegre y serio, locuaz y callado, correcto y alocado, rico y pobre. Cuando se percató de mi forma de actuar me sometió a innumerables pruebas. Para mí era un placer servirla; por imposible que fuera su ocurrencia o inimaginable su deseo, yo lo satisfacía como si de una nimiedad se tratara.

»Entonces se dio cuenta de que la quería más que a nada en el mundo y vinieron tiempos tranquilos en los que me comprendió y aceptó mi amor. Nos vimos miles de veces, emprendimos viajes e hicimos lo imposible para estar juntos y confundir el mundo.

»Entonces habría podido ser feliz. Ella me quería. Tal vez durante algún tiempo fui feliz.

»Pero mi objetivo no era conquistar a esa mujer. Empecé a inquietarme después de haber disfrutado durante una temporada de aquella felicidad y ver que mis sacrificios no eran ya necesarios, al constatar que sin esfuerzo alguno obtenía de ella una sonrisa, un beso y una noche de amor. No sabía lo que echaba en falta; había llegado más lejos de lo que nunca me habría atrevido a soñar. Pero estaba inquieto. Como he dicho, mi objetivo no era conquistar a esa mujer. Fue una casualidad que eso sucediera. Mi objetivo era sufrir de amor y, cuando la posesión de la amada empezó a aliviar y enfriar mis tormentos, fui presa de la inquietud. Lo resistí durante cierto tiempo; después me sentí espoleado de repente a ir más allá. Abandoné a la mujer. Me tomé unas vacaciones e hice un largo viaje. Por aquel entonces mi fortuna ya había mermado considerablemente, pero ¿qué importaba? Viajé y no volví hasta al cabo de un año. ¡Extraño viaje! Apenas me había alejado y ya ardía de nuevo el fuego de otros tiempos. Cuanto más lejos me iba y más prolongaba mi ausencia, tanto más acuciante me resultaba la pasión. Me dediqué a observar, a divertirme, y continué viajando a lo largo de un año, sin pausa ni descanso, hasta que la llama se me hizo insoportable y necesité de nuevo la proximidad de mi amada.

»Resolví volver a casa y la encontré furiosa y profundamente humillada. ¡Qué duda cabe de que ella se había entregado a mí, me había hecho feliz, y que era yo quien la había abandonado! Tenía otro amante, pero vi que no le quería. Lo había aceptado por despecho.

»No le podía decir o escribir qué era lo que en su momento me había impulsado a apartarme de ella y que a mi regreso me impelía asimismo a correr a su lado. Quizá no lo sabía ni yo. Así que empecé otra vez a cortejarla y a batallar por su conquista. De nuevo recorrí largos trechos, descuidé importantes asuntos y gasté un considerable dineral para oír una palabra suya o para verla sonreír. Abandonó al amante, pero pronto aceptó a otro, puesto que ya no confiaba en mí. A pesar de ello, a ratos le complacía verme. Algunas veces en una velada o en el teatro se desentendía de repente de las personas que había a su alrededor y me echaba una mirada extrañamente dulce e interrogativa.

»Siempre me tuvo por una persona extraordinariamente rica. Yo había despertado en ella esa creencia y la mantenía viva, sólo para poder ofrecerle en todo momento aquellas cosas que ella no habría aceptado de un pobre. En otros tiempos le habría hecho regalos; pero eso estaba ya superado y me hallaba en la tesitura de encontrar nuevos sacrificios y nuevas formas de hacerla feliz. Organizaba conciertos en los que los músicos que ella más apreciaba tocaban y cantaban sus fragmentos favoritos. Hacía acopio de entradas de palco para poder ofrecérselas en los estrenos. De nuevo tomó por costumbre que fuera yo quien se ocupase de todo.

»Por ella, me metí en una frenética vorágine de transacciones. Mi fortuna se había disipado y empezaron las deudas y las malabarismos financieros. Vendí mis cuadros, mi antigua porcelana, mi caballo de silla y compré a cambio un automóvil que debía quedar a su disposición.

»Había llegado tan lejos, que veía el final ante mí. Mi esperanza de conseguirla de nuevo corría pareja con el agotamiento de mis últimos recursos. Pero no quería parar. Todavía conservaba mi empleo, mi influencia, mi distinguida posición. ¿Para qué, si no me servía de nada? Eso explica que mintiera, malversara fondos y dejara de temer la acción de la justicia, pues había algo mucho más temible para mí. Pero mi desgracia no fue en balde. Ella había roto también con su segundo amante y yo sabía que ya no tomaría a ningún otro que no fuera yo.

»Me tomó a mí, sí. Eso significa que se fue a Suiza y que permitió que la siguiera. A la mañana siguiente solicité un período de vacaciones. En vez de una respuesta, obtuve mi detención. Falsificación de documentos, malversación de dinero público. No diga nada, no hace falta. Ya lo sé. Pero ¿sabe usted que también en mi deshonra y en mi condena y en el hecho de quedarme sin camisa por amor, en todo eso, ardía todavía la pasión? ¿Que todo eso no era sino el precio del amor? ¿Entiende usted eso, como joven enamorado que es?

»Le he explicado una fábula, jovencito. No soy yo el hombre que lo ha vivido. Yo soy un pobre librero que se deja invitar a una botella de vino. Pero ahora quiero volver a casa. No, quédese todavía un rato, iré solo ¡Quédese!

EN LA HIRSCHENGASSE hay una discreta tienda de lencería que, al igual que el vecindario, se ha mantenido imperturbable ante las transformaciones de los nuevos tiempos y que cuenta con una nada menospreciable clientela. Allí, al despedirse de cada parroquiano, y aunque éste haya ido regularmente durante los últimos veinte años, aún lo hacen con un: «Háganos usted el honor de visitarnos de nuevo», y de tarde en tarde todavía se dejan caer por allí dos o tres viejas clientas que hacen sus pedidos de cinta o galón en varas y a quienes se les sirve usando esa medida. Se encargan de despachar una hija de la casa, que se ha quedado soltera, y una dependienta empleada. El mismo propietario, que está en la tienda todo el santo día, se halla permanentemente ocupado, aunque no dice nunca ni palabra. Ahora debe de tener unos setenta años; es de baja estatura, tiene unas mejillas sonrosadas bien definidas y una pequeña barba gris; en la cabeza, probablemente calva desde hace mucho, lleva a todas horas una rígida gorra redonda de estameña con flores y cenefas bordadas. Se llama Andreas Ohngelt y pertenece a la burguesía auténtica y venerable de la ciudad.

Nadie ve nada de particular en ese comerciante taciturno; hace años que tiene el mismo aspecto y tanto cuesta percibir en él el paso del tiempo como creer que fuera joven alguna vez. Sin embargo, también Andreas Ohngelt fue chiquillo y mozo un día, y cuando uno interroga a la gente mayor, descubre que en el pasado se le había llamado «el pequeño Ohngelt» y que disfrutaba de cierta fama no buscada. En una ocasión, hace unos treinta y cinco años, incluso vivió una «historia» que llegó a a ser conocida por todos los habitantes de Gebersau, aunque ahora nadie tenga el menor interés en contarla ni escucharla. Fue la historia de su compromiso.

Ya en la escuela, el joven Andreas aborrecía el trato y la vida social: tenía la sensación de estorbar dondequiera que fuese y creía ser observado por todo el mundo. Era lo suficientemente temeroso y humilde para ceder y retirarse a tiempo. Sentía por los profesores un inmenso respeto y por los compañeros un temor mezclado con admiración. No se le veía nunca en la calle o en los lugares de recreo, sólo raramente tomando un baño en el río; y en invierno se sobresaltaba y se agachaba tan pronto advertía que un chico le iba a lanzar una bola de nieve. Por eso se quedaba en casa tan contento jugando tiernamente con las muñecas que habían sido de su hermana mayor. También se entretenía con una pequeña tienda, en cuyas balanzas pesaba harina, sal y arena y lo empaquetaba todo en saquitos para después de nuevo, entremezclarlos, vaciarlos, volverlos a empaquetar y pesarlos otra vez. Asimismo, ayudaba gustosamente a su madre en las pequeñas tareas domésticas, le hacía la compra o, en el jardín, retiraba las babosas de las lechugas.

Aunque sus compañeros de escuela lo mortificaban y lo ridiculizaban con harta frecuencia, al no tomarse él nada a pecho ni encolerizarse gozaba en general de una vida relativamente apacible y feliz. Lo que de amistad y afecto para con sus semejantes no recibía ni podía ofrecer, lo consagraba a sus muñecas. A su padre lo había perdido pronto; él había sido un fruto tardío, y aunque la madre habría preferido que hubiera sido totalmente distinto, le dejaba plena libertad y respondía a su dócil apego con un amor algo compasivo.

Sin embargo, esa tolerable situación se mantuvo únicamente mientras el pequeño Andreas fue a la escuela y realizó su aprendizaje despachando en una tienda de los Dierlamm, en el mercado. Por aquel entonces, cuando tenía unos diecisiete años, su naturaleza ávida de cariño empezó a tomar otros derroteros. Aquel mozuelo, que todavía conservaba su timidez, comenzó a poner los ojos en las muchachas y erigió en su corazón un altar dedicado al amor por las mujeres, con tan mala fortuna que cuanto más ardía la llama de su pasión, tanto más desventurada era la suerte que corrían sus enamoramientos.

Se le presentaban no pocas ocasiones para conocer y contemplar mujeres de todas la edades, ya que al término de su período de formación, el joven Ohngelt había entrado en la lencería, propiedad de su tía, que más adelante debería tomar a su cargo. Allí, un día y otro, niñas, escolares, señoritas, solteronas, doncellas y señoras revolvían cintas y telas, escogían ribetes y patrones, alababan y criticaban, regateaban, pedían consejo sin intención de escucharlo, compraban y cambiaban de nuevo lo adquirido. En medio de todo ello, el chico, cortés e intimidado, abría cajones, subía y bajaba del taburete, enseñaba las telas y las volvía a empaquetar, anotaba los encargos, informaba sobre precios y cada ocho días se enamoraba de una nueva clienta. Arrebolado, recomendaba galones y lanas; temblando, facturaba las cuentas; y si una hermosa y altiva joven abandonaba la lencería, le abría él la puerta, palpitándole el corazón, y soltaba la consabida fórmula del «háganos usted el honor».

Para resultar verdaderamente complaciente y agradable a sus hermosas clientas, Andreas cultivó delicadas y cuidadas maneras. Se peinaba a diario con especial esmero el rubio cabello, mantenía muy limpia su indumentaria y su ropa interior y seguía con impaciencia la evolución de su cada vez más visible bigotillo. Aprendió a recibir a sus clientas con elegantes reverencias; se entrenó a enseñar las telas apoyando el dorso de la mano izquierda en el mostrador y a mantenerse en pie con una sola pierna; llegó a dominar con gran maestría el arte de la sonrisa, que le permitía tanto revelar una moderada satisfacción como irradiar el más sincero de los contentos. Asimismo, estaba de continuo al acecho de nuevas frases hermosas, las más de las veces adverbios, con los cuales siempre iba descubriendo nuevas y deliciosas combinaciones. Como ya desde pequeño se había sentido torpe y temeroso a la hora de hablar, y como antes rara vez había llegado a pronunciar una frase entera con sujeto y predicado, halló en aquel peculiar repertorio una ayuda considerable, se acostumbró a él, en perjuicio del sentido y la comprensión, y simuló para consigo mismo y los demás una suerte de capacidad oratoria.

Alguien decía: «¡Qué día más radiante hace hoy!», y respondía el pequeño Ohngelt: «es verdad; sí, ciertamente»; «pues con permiso sea dicho»; «por supuesto». Inquiría una compradora si determinado artículo de lencería era todavía resistente, a lo que él decía: «Por Dios», «sí, sin duda alguna»; «como si dijéramos»; «bien cierto». Al interesarse uno por su opinión, correspondía él: «Gracias, para servirle»; «bien, de verdad»; «de lo mejor». En las situaciones particularmente importantes y honrosas no renunciaba tampoco a expresiones tales como: «No obstante»; «pero a fin de cuentas», «de ninguna manera», «al contrario». Además, cada uno de sus miembros, desde la cabeza ladeada hasta las basculantes puntas de los pies, era todo deferencia, cortesía y expresividad. Pero lo más expresivo en él era su cuello, relativamente largo, magro y nervudo, dotado de una nuez sorprendentemente voluminosa y móvil. Cuando el pequeño y enamoradizo dependiente daba en *stacca-*

to una de sus respuestas, tenía uno la impresión de que una tercera parte de él se constituía en laringe.

La naturaleza no reparte sus dones porque sí, y aunque el significativo cuello de Ohngelt no guardaba proporción alguna con su capacidad oratoria, sí se legitimaba con creces como propiedad y emblema de un apasionado cantante. Andreas era un gran aficionado al canto. Ni siquiera los más logrados cumplimientos, ni la gesticulación comercial más exquisita, ni sus más conmovedores «a fin de cuentas» y «aun cuando» le procuraban, en lo más profundo del alma, un bienestar tan dulce como el canto. Aquel talento, oculto durante la época escolar, se había desplegado cada vez más brillantemente tras el cambio de voz, aunque siempre con la máxima discreción. Porque a Ohngelt, por su temeroso y tímido encogimiento, no le habría cabido en la cabeza la posibilidad de desarrollar su arte y placer secretos en otra situación que no fuera la más estricta intimidad.

Por la noche, después de la cena y antes de acostarse, permanecía un rato en su habitación; ejecutaba sus cantos en la oscuridad y se entregaba a sus líricos arrobos. Tenía una voz de tenor bastante aguda, y lo que le faltaba en formación lo suplía con el carácter. Húmedos destellos inundaban sus ojos; la cabeza, con la raya bien marcada, se inclinaba hacia atrás hasta la nuca, y la nuez se le movía arriba y abajo al acorde de las notas. Su canto favorito era *Cuando las golondrinas se van*. En la estrofa «*Despedirse, ay despedirse cómo duele*» prolongaba temblorosamente el tono y, a veces, hasta se le saltaban las lágrimas.

Su carrera comercial avanzaba a buen paso. Habían previsto enviarlo algún tiempo a una ciudad más importante. Pero llegó a resultar tan imprescindible en el negocio de la tía que ésta ya no quería dejarlo escapar, y como él debía responsabilizarse de la tienda al heredarla, su prosperidad quedaba asegurada para el futuro. En cambio, no tenía la misma fortuna en los asuntos del corazón. Para todas las muchachas de su edad, especialmente para las más guapas, y a pesar de sus miradas y zalemas, él no era más que una figura cómica. Estaba enamorado de todas, una por una, y habría aceptado a cualquiera que hubiera dado un paso hacia él. Pero el paso no lo daba ninguna, a pesar de que él no se cansaba de enriquecer su retórica con las más elaboradas frases, y su aseo personal con los más agradables aderezos.

Se daba una honrosa excepción, aunque él apenas si se daba cuenta. La señorita Paula Kircher, a quien apodaban Kircherspäule, siempre se mostraba simpática con él y parecía tomarlo en serio. Preciso es decir que no era joven ni guapa; le llevaba bastantes años y era más bien poquita cosa. Pero aparte de eso, era una buena chica, bien considerada, perteneciente a una acomodada familia de artesanos. Cuando Andreas la saludaba en la calle, ella correspondía seria y amablemente, y cuando iba a la tienda, era afable, sencilla y discreta, le facilitaba el trabajo y tenía en cuenta sus deferencias de vendedor. Ello explicaba que él la viera no sin cierto placer y que le tuviera confianza, pero por lo demás le era completamente indiferente y pertenecía al reducido grupo de muchachas solteras a las que, fuera de la tienda, no dedicaba ni un pensamiento de más.

Tan pronto depositaba sus esperanzas en unos finos zapatos nuevos como en un bonito pañuelo de cuello, por no hablar, desde luego, del bigote, que crecía paulatinamente y al que cuidaba como si fuera la niña de sus ojos. En una ocasión llegó incluso a comprarle a un viajante de comercio un anillo de oro con un gran ópalo incrustado. A la sazón, tenía veintiséis años.

Pero cuando alcanzó los treinta y dado que sus periplos alrededor del matrimonio quedaban estancados en una nostálgica lejanía, madre y tía consideraron que había llegado el momento de pasar definitivamente a la acción. La tía, ya bien entrada en años, le hizo una oferta: sólo le traspasaría el negocio, estando ella con vida, el día que se casara con una muchacha irreprochable de Gebersau. Para la madre ésa fue la señal de ataque. Después de darle muchas vueltas, llegó a la conclusión de que su hijo debía acceder a algún círculo para coincidir con más gente y aprender a tratar a las mujeres. Y como conocía de sobra la pasión de su hijo por el canto, utilizando esa afición como anzuelo, le instó a afiliarse a la sociedad coral.

A pesar de su temor a la vida social, Andreas, en principio, estuvo de acuerdo. Pero en lugar de la sociedad coral se decidió por la sociedad de música sacra, porque dijo preferir la música más solemne. El verdadero motivo era, sin embargo, que Margret Dierlamm formaba parte de la sociedad de música sacra. Ésta, hija del anterior maestro de Ohngelt, era una muchacha de poco más de veinte años, muy guapa y alegre, de quien Andreas se había enamorado recientemente, puesto que desde hacía algún tiempo ya no quedaban solteras de su edad y, menos aún, que fueran guapas.

La madre no tenía ninguna razón de peso que oponer a la sociedad de música sacra. Era cierto que ésta no organizaba ni la mitad de veladas y fiestas que la sociedad coral, pero justamente por ello afiliarse resultaba más económico. Y además, tampoco estaba mal surtida de muchachas de buena familia con las que Andreas tendría que coincidir en ensayos y audiciones. Así que, sin demorarse, fue a hablar con el director, el señor Sohn, un anciano profesor de escuela, que les recibió amablemente.

Así que, señor Ohngelt —dijo—, desea usted cantar con nosotros.

—Sí, ciertamente, por favor.

—¿Ha cantado ya con anterioridad?

—¡Oh sí!, es decir, en cierto modo.

—Bien, hagamos una prueba. Cante usted algo que se sepa de memoria.

Ohngelt se ruborizó como un chiquillo y no quería empezar por nada del mundo. Pero el profesor insistió y hasta estuvo a punto de enfadarse, de manera que Ohngelt, en última instancia, tuvo que vencer su pavor y, echando una mirada resignada a su madre, que permanecía tranquilamente sentada, entonó su canto favorito. Se dejó llevar por su entusiasmo y cantó el primer verso de carrerilla.

El director indicó que ya era suficiente. Se mostró de nuevo muy cortés y dijo que lo había cantado graciosamente y que uno se daba cuenta de que lo hacía *con amore*, pero que quizá sería más apto para la música profana, y que por qué no probaba con la sociedad coral. Apenas empezo el señor Ohngelt a balbucear una tímida respuesta cuando su madre ya estaba poniendo el máximo empeño en defenderlo. Cantaba realmente bien, decía ella, ahora sólo se había mostrado un tanto apocado, pero le resultaría tan grato que fuera aceptado, puesto que la sociedad coral no tenía nada que ver y no era tan distinguida, y ella también cumplía cada año con sus aportaciones a la iglesia, y, en pocas palabras, si el señor profesor quisiera ser tan amable le pondría al menos un tiempo a prueba, y después, en su momento, ya se vería. El anciano, conciliador, intentó por dos veces meter baza alegando que pertenecer a la sociedad de música sacra no era ningún divertimiento y que, de todas formas, casi no se cabía en la tribuna del órgano; pero finalmente triunfó la elocuencia de la madre. El avejentado director nunca había visto nada parecido: que un hombre de más de treinta años se apuntara a cantar y lo hiciera acompañado de su madre para que ésta lo sacara de apuros. Por más inusual y sin duda incómoda que resultara aquella incorporación a su coro, en el fondo el asunto le causaba al director un cierto regocijo, aunque no precisamente porque redundara en el bien de la música. Citó a Andreas para el siguiente ensayo y dejó que madre e hijo se marcharan sonriendo.

El miércoles por la noche el pequeño Ohngelt se presentó puntualmente en la sala de la escuela donde se ensayaba una coral para las fiestas de Semana Santa. Los cantores y cantoras que iban llegando saludaron muy amablemente al nuevo miembro y demostraron tener todos un natural tan festivo y risueño que Ohngelt no pudo por menos que sentirse en el séptimo cielo. También Margret Dierlamm estaba allí, e incluso hizo una inclinación de cabeza a modo de saludo y le dirigió una amable sonrisa. Oyó claramente alguna que otra risa sofocada a sus espaldas, pero ya estaba acostumbrado a ser tomado un poco a broma y no dejó que eso lo atribulara. En cambio, lo que sí le chocó fue el comportamiento serio y reservado de la Kircherspäule, que también estaba allí y que, como pronto pudo comprobar, inclusive formaba parte de las cantoras más valoradas. Si hasta entonces siempre le había brindado una buena amistad, en aquel momento, en cambio, se mostraba particularmente fría e incluso parecía escandalizarse de que él se hubiera infiltrado en aquel círculo. Pero ¿qué importancia tenía la Kirchenspäule?

En los ensayos, Ohngelt mantenía su prudencia por encima de todo. Por más que le hubiera quedado de su época escolar una ligera noción de las notas musicales y que en muchos compases, con la voz achicada, hiciera ver que cantaba como los demás, en general se sentía poco seguro de su arte y albergaba angustiosas dudas sobre la posibilidad de que algún día eso cambiara. El director, a quien aquel encogimiento le resultaba divertido y conmovedor a la vez, era indulgente con él hasta el punto incluso de despedirse con las palabras: «Con el tiempo ya verá como mejora, si persevera usted». Aquella noche Andreas gozó de la proximidad de Margret y de la posibilidad de contemplarla a menudo. Pensó que en las audiciones públicas, antes y después del servicio religioso, los tenores estaban emplazados justo detrás de las muchachas, en la tribuna del órgano, y se imaginó la delicia de estar cerca de la señorita Dierlamm en las fiestas de Semana Santa y ocasiones venideras y poder observarla sin temor. Entonces cayó dolorosamente en la cuenta de lo pequeño y bajo que era y concluyó que, en medio de los otros cantores no podría ver nada. Con grandes esfuerzos y mucho tartamudeo, le explicó a uno de sus colegas la crítica situación que le esperaba en la tribuna del órgano, aunque naturalmente se guardó de especificar el verdadero motivo de tal desazón. Entonces, el compañero lo tranquilizó sonriendo y aseguró que le proporcionaría un acomodo preferente.

Al final del ensayo, todo el mundo se fue sin apenas despedirse. Algunos caballeros acompañaron a las damas a casa; otros se fueron a tomar una jarra de cerveza. Ohngelt se quedó solo y triste delante del oscuro edificio escolar, con la mirada angustiosamente puesta en los demás, y especialmente en Margret, y con la decepción pintada en el rostro. Entonces se le acercó la Kircherspäule y, al ver que se ponía el sombrero, le dijo:

—¿Va hacia a su casa? Si es así, seguimos la misma dirección y podemos ir juntos.

Se avino a ello agradecido y le siguió el paso a través de los húmedos callejones, impregnados del típico frío de marzo, sin que mediaran entre ellos más palabras que un simple «buenas noches».

Al día siguiente, Margret Dierlamm fue a la tienda y él tuvo ocasión de atenderla. Sostuvo cada tela como si fuera seda y manejó el metro como lo habría hecho con el arco de un violín; ponía sentimiento y donaire en cada pequeño servicio y en su fuero interno se atrevió a desear que ella mencionase el ensayo del día anterior. Y eso fue exactamente lo que hizo. Cuando ya se iba, le preguntó:

—No sabía que usted también cantara, señor Ohngelt. ¿Hace tiempo que se dedica a ello? Por su parte él, con el corazón desbocado, balbució:

—Sí... mejor dicho, sólo algo... con su permiso.

Ella, asintiendo con la cabeza, se esfumó en la calle. «Bueno, bueno», pensó él para sus adentros, y fue tal el empeño con que alentó sueños futuros que, al poner las telas en orden, confundió por vez primera los galones de pura lana con los de semilana.

Mientras tanto, se acercaba Semana Santa y, como

el coro debía cantar tanto el Viernes Santo como el Domingo de Pascua, aquellos días se celebraron más ensayos. Ohngelt era siempre puntual y hacía todo lo posible para no echar nada a perder y, por su parte, los demás lo trataban con benevolencia. La única que parecía no estar contenta con su presencia era la Kircherspäule, y eso a él no le gustaba, máxime teniendo en cuenta que, al fin y al cabo, ella era la única dama en quien tenía una confianza absoluta. También se resignó a recorrer habitualmente el camino de vuelta con ella ya que, aunque su más íntimo deseo y determinación seguía siendo el de ofrecer su compañía a Margret, no encontraba nunca el valor de hacerlo. Así pues iba con la Päule. Las primeras veces que volvieron juntos no intercambiaron palabra. Un día, sin embargo, la Kircher le sometió a un interrogatorio y le preguntó por qué se mostraba tan lacónico y si le tenía miedo.

—No —balbució él, asustado—. Eso no, antes bien, ciertamente no, al contrario.

Ella se echó a reír dulcemente e inquirió:

—¿Y cómo le va entonces con el canto? ¿Le gusta?

—Por supuesto que sí; mucho; bien, esto es.

Ella meneó la cabeza y le dijo en voz baja:

—¿Es que no puede uno hablar francamente con usted, señor Ohngelt? En cada respuesta escurre usted el bulto.

Él la miró desvalido y acertó a balbucear algo.

—Lo hago por su bien —continuó ella— ¿no me cree?

Él asintió violentamente con la cabeza.

—¡Pues, entonces! ¿No puede usted hablar de otra forma que no sea con aunques y a fin de cuentas y con permiso sea dicho y expresiones parecidas?

—Sí, claro, claro que puedo, aunque... por supuesto.

—Sí, aunque y por supuesto. Dígame usted, de noche, con su señora madre y su tía, ¿sabe expresarse con claridad, o no? Si es así, hágalo también conmigo y con todo el mundo. De esta forma podríamos entablar una conversación razonable. ¿Quiere usted?

—Sí, claro que quiero, ciertamente.

—Bien; eso es sensato de su parte. Ahora puedo hablar con usted. De hecho, tengo algo que decirle.

Y se puso a hablar de una forma desacostumbrada para él. Le preguntó qué era lo que buscaba en la sociedad de música sacra, cuando estaba claro que no sabía cantar y donde casi todos eran más jóvenes que él, y que si no se daba cuenta de que allí a veces le tomaban el pelo; y continuó hablando de aquella manera. Sin embargo, cuanto más humillado se sentía él, tanto más profundamente comprendía la buena intención y la benevolencia que se escondían detrás de aquellas palabras. Medio compungido, oscilaba entre un sentimiento de frío rechazo y otro de enternecido reconocimiento. Cuando llegaron a la casa de los Kircher, Paula le dio la mano y le dijo seriamente:

—Buenas noches, señor Ohngelt, y no se lo tome a mal. La próxima vez, continuamos la conversación, ¿de acuerdo?

Confuso, se fue hacia casa y tan penoso le resultaba pensar en aquellas revelaciones como nuevo y reconfortante que alguien le hubiera hablado de forma tan seria, juiciosa y amigable.

De vuelta a casa tras el siguiente ensayo, consiguió expresarse sin demasiados ambages, y con ese logro se acrecentó su coraje y confianza. Era tal su progreso que la noche después se dispuso a revelar sus íntimos deseos; estaba incluso medio decidido a mencionar a la Dierlamm por su nombre, porque esperaba lo imposible de la complicidad y el apoyo de la Päule. Pero ella no le dejó llegar hasta el final. Interrumpió a tiempo su confesión y le dijo:

—Quiere casarse, ¿no es eso? Eso es justamente lo más sensato que puede hacer. Ya tiene edad para ello, qué duda cabe.

—La edad, sí, eso sí —dijo él tristemente.

Pero ella se limitó a sonreír y dejó que se fuera desconsolado hacia casa. Más adelante, Ohngelt sacó de nuevo el tema a colación. La Päule le replicó simplemente que él bien debía de saber a quién quería; lo que sí podía decirle ella a ciencia cierta era que el papel que el representaba en la sociedad de música sacra no le hacía ningún favor, puesto que las chicas jóvenes lo aceptan todo de un prometido excepto que haga el rídiculo.

Los tormentos en que le sumieron aquellas palabras se mitigaron un tanto con el trajín y los preparativos para el Viernes Santo, día en el que por vez primera Ohngelt debía aparecer, junto con el coro, en la tribuna del órgano. Aquella mañana puso especial cuidado en vestirse y, con su más distinguido sombrero de copa, se presentó temprano en la iglesia. Después de que se le indicara su lugar, se dirigió de nuevo al colega que había prometido ayudarlo en su acomodo. Efectivamente, éste parecía no haber olvidado el asunto y avisó al *pedalier*, el cual, con una satisfecha sonrisa, acercó una pequeña caja. El cacharro en cuestión debía situarse en el puesto de Ohngelt, quien, tras subirse encima, podría ver, ser visto y gozar de las ventajas de los más espigados tenores. Pero aguantar de pie en aquella posición resultó ser complicado y peligroso: debido a que el suelo, formado por estrechas tarimas de gran pendiente, descendía hacia la nave de la iglesia, era preciso mantenerse en perfecto equilibrio; y Ohngelt sudó la gota gorda ante la idea de que podía caer, romperse las piernas y precipitarse por debajo de la balaustrada, donde se acomodaban las chicas. Pero, a cambio, aquello le procuraba el placer de poder ver la nuca de la hermosa Margret Dierlamm desde tal proximidad que casi sentía el corazón en un puño. Cuando los cantos y el servicio religioso llegaron a su fin, estaba exhausto y respiró aliviado al ver que se abrían las puertas y empezaban a repicar las campanas.

Al día siguiente la Kircherspäule le echó en cara lo arrogante y ridícula que le había parecido su posición artificiosamente elevada. Él prometió no avergonzarse nunca más de su baja estatura, pero se mostró decidido a utilizar de nuevo aquel apaño en las fiestas de

Semana Santa para no agraviar al compañero que se lo había ofrecido. Ella no se atrevió a preguntarle si no se daba cuenta de que éste se lo había ofrecido para burlarse de él y, meneando la cabeza, no insistió más, conmovida tanto por su estupidez como por su ingenuidad.

El domingo de Pascua, en el coro de la iglesia, el ambiente era más solemne que de costumbre. Mientras se ejecutaba una música difícil, Ohngelt, en su andamiaje, procuraba con denuedo mantener el equilibrio. Hacia el final de la coral, consternado, se percató de que la plataforma flaqueaba bajo sus pies y se volvía inestable. No podía hacer otra cosa que quedarse quieto y evitar en la medida de lo posible caer tarima abajo. Lo logró, efectivamente, y en lugar de un escándalo y una desgracia, lo único que sucedió fue que, tras un leve estampido, el tenor Ohngelt pareció encoger poco a poco y, con el semblante demudado, se hundió hasta desaparecer por completo. Perdió todas las cosas de vista, una tras otra: el director, la nave de la iglesia, los coros altos y la hermosa nuca de la rubia Margret, pero llegó sano y salvo al suelo, y en la iglesia, fuera de los sarcásticos miembros del coro, sólo una parte de la juventud masculina de las escuelas, sentada cerca de él, presenció la escena. Aquel día, por encima del puesto en el que había tenido lugar su humillación, la primorosa coral se deshizo en alborozadas manifestaciones de júbilo.

Tras la música de fin de fiesta del organista, y al abandonar la multitud la iglesia, los miembros del círculo se quedaron todavía en la tribuna para ultimar cuatro detalles, ya que a la mañana siguiente, Lunes de Pascua, debía organizarse como cada año una excursión festiva para los miembros de la sociedad. Andreas Ohngelt había depositado desde el principio grandes esperanzas en aquella salida. Incluso tuvo el coraje de preguntar a la señorita Dierlamm si tenía la intención de participar en la caminata, y las palabras afluyeron a sus labios sin grandes tropiezos.

—Sí, claro que iré —dijo la hermosa muchacha en tono calmado, y agregó—: Por cierto, ¿no se habrá hecho daño, verdad? Y al decirlo, se le escapó la risa de tal modo que salió corriendo sin aguardar repuesta alguna. En aquel mismo momento, la Päule observaba la escena con una mirada compasiva y seria que acentuó el desconcierto de Ohngelt. Su efímero coraje, inflamado momentáneamente, se disipó con la misma rapidez con que había hecho presa en su corazón, y si no hubiera sido porque ya había hablado con su mamá de la excursión, habría dado marcha atrás: habría renunciado a la caminata, a aquella sociedad y a todas sus esperanzas.

El Lunes de Pascua amaneció despejado y soleado y a las dos casi todos los miembros del círculo cantor, junto con varios invitados y parientes, acudieron a la Lärchensallee, situada más allá de la ciudad. Ohngelt fue con su madre. La víspera le había anunciado que estaba enamorado de Margret y, aunque había reconocido alimentar pocas esperanzas, todavía confiaba algo en el apoyo de su madre y en la excursión prevista para la tarde siguiente. Si bien la madre quería lo mejor para su pequeño, le parecía, sin embargo, que Margret era demasiado bonita y joven para él. De todos modos, se podía intentar: lo principal era que Andreas consiguiera una mujer, aunque sólo fuera por el bien del negocio.

Emprendieron el camino sin cantar ya que el sendero del bosque, que ascendía cuesta arriba, era bastante empinado y resultaba fatigoso. La señora Ohngelt, sin embargo, tuvo fuerza y aliento suficientes para darle seriamente las últimas indicaciones a su hijo relativas al comportamiento a seguir durante las siguientes horas e iniciar después una jovial conversación con la señora Dierlamm. En plena subida, la madre de Margret, que se esforzaba en conservar el aire suficiente para responder a lo imprescindible, tuvo la ocasión de oír una serie de agradables e interesantes comentarios. La señora Ohngelt empezó hablando del tiempo, que era espléndido, para pasar luego a valorar la música sacra, alabar el aspecto saludable de la señora Dierlamm y mostrar acto seguido un gran entusiasmo por el vestido primaveral de Margret; fue más prolija a la hora de comentar cuestiones de tocador y finalmente relató el sorprendente crecimiento que había experimentado la tienda de lencería de su cuñada en los últimos años. Llegados a ese punto, la señora Dierlamm no pudo por menos que hablar en términos elogiosos del joven Ohngelt, cuyo buen gusto y habilidades comerciales ya había detectado y apreciado su marido muchos años antes, en su época de aprendiz. A este agasajo respondió la madre, encandilada, con medio suspiro. Sin duda, Andreas era muy capaz y llegaría lejos, teniendo en cuenta, además, que aquella espléndida tienda era ya prácticamente suya; lástima sólo que fuera tan tímido con las mujeres. Por su parte no le faltaban ni las ganas ni las virtudes deseables para casarse, pero carecía de confianza y capacidad de iniciativa.

La señora Dierlamm empezó entonces a reconfortar a la atribulada madre y, aun cuando ni remotamente pensara en su hija, le aseguró sin embargo que cualquier muchacha soltera de la ciudad aceptaría encantada un enlace con Andreas. La Ohngelt sorbió estas palabras como si de miel se tratara.

Mientras tanto, Margret, junto con otros miembros de la sociedad, iba bastante por delante, y en medio de aquel pequeño grupo, que reunía a los más jóvenes y chistosos, se hallaba también Ohngelt, aunque éste, con sus cortas piernas, pasaba verdaderos apuros para seguir el paso.

De nuevo se mostraban todos excepcionalmente amables con él, ya que a aquellos bromistas, el apocado hombrecillo de mirada enamorada les venía de maravilla. Incluso la guapa Margret simulaba tomarse cada vez más en serio la conversación con su admirador, de forma que éste, de puro emocionado y tragándose las palabras, se iba acalorando cada vez más.

Sin embargo, su gozo fue breve. El pobre infeliz se dio cuenta poco a poco de que se reían a sus espaldas y, aunque estaba habituado a resignarse a ello, se sintió alicaído y abandonó de nuevo toda esperanza. Externamente, sin embargo, procuró que no se notara su aflicción. El desmadre de los jóvenes aumentaba por momentos. Y cuanto más veía Andreas que los chistes y alusiones se hacían a costa de él, tanto más se esforzaba por sumarse a las risas con sonoras carcajadas. Finalmente, el más osado de los jóvenes, un ayudante de farmacia, alto como un varal, puso fin a aquella jarana con una broma de verdadero mal gusto.

Se estaban acercando a una vieja e imponente encina, y el farmacéutico se propuso alcanzar con las manos la rama más baja de aquel gran árbol. Colocándose en posición, dio varios saltos hacia arriba, pero al no lograr su propósito, el grupo de espectadores que se había formado a su alrededor empezó a reírse de él. Entonces se le ocurrió recuperar su pundonor por medio de otra broma, haciendo que fuera otro el blanco de las burlas. De repente, cogió al pequeño Ohngelt por el vientre, lo subió por los aires y lo conminó a asirse de la rama y a mantenerse agarrado. El otro, sorprendido, estaba furioso y no se habría prestado a ello si no hubiera sido porque desde su posición tambaleante tenía miedo de caer. De forma que se sujetó, y tan pronto el farmacéutico se dio cuenta de que se aguantaba por su cuenta, dejó de sostenerlo. Ohngelt, desvalido, quedó suspendido en la rama, pataleando y profiriendo coléricos gritos, en medio del regocijo general.

—Bájeme —chillaba violentamente—. ¡Haga el favor de bajarme inmediatamente, eh, usted!

Se le quebró la voz y, completamente anonadado, se sintió a merced de una vergüenza infinita. El farmacéutico, sin embargo, opinaba que para redimirse debía pagar prenda, ocurrencia unánimamente aplaudida con manifestaciones de alborozo.

—¡Debe usted redimirse! —le gritaba también Margret Dierlamm.

No había forma de oponerse.

—¡Sí, sí!—exclamaba él—, ¡pero rápido!

Su ajusticiador improvisó entonces un pequeño discurso en el que expuso que el señor Ohngelt hacía ya tres semanas que era miembro de la sociedad de música sacra y que aún no había llegado el día en que alguien le hubiera oído cantar. Así que no se libraría de su elevada y peligrosa posición hasta que no hubiese cantado una canción ante aquel auditorio.

Apenas terminó aquella alocución, Andreas, sintiendo que le abandonaban las fuerzas, se puso a cantar. Entre sollozo y sollozo, entonó: *¿Te acuerdas todavía de aquel instante?*, y sin que le diera tiempo de acabar la primera estrofa, tuvo que soltarse y se precipitó lanzando un grito. Todos se sobresaltaron y, si se hubiera roto una pierna, habría cundido sin duda un sentimiento de arrepentida conmiseración. Pero a pesar de su palidez, Andreas estaba ileso; se puso de nuevo en pie, cogió el sombrero, que yacía en el musgo, se lo encasquetó cuidadosamente y retomó el camino de vuelta sin decir palabra. En el siguiente recodo se sentó a la vera del camino e intentó reponerse del susto.

Allí fue donde lo encontró el farmacéutico que, impelido por su mala conciencia, lo había seguido en secreto. Le pidió perdón, sin obtener respuesta alguna.

—Lo siento mucho, de verdad —repitió suplicante—. En el fondo, no tenía mala intención. Por favor, perdóneme y vuelva con nosotros.

—No pasa nada —dijo Ohngelt, mientras hacía un gesto de negación.

Y el otro se fue insatisfecho.

Al cabo de un rato se aproximaron lentamente los que habían quedado rezagados, entre los que cabía contar a la gente mayor y a las madres. Ohngelt se acercó a la suya y le dijo:

—Quiero volver a casa.

—¿A casa? ¿Y a qué viene esto ahora? ¿Ha pasado algo?

—No. Pero ya no vale la pena quedarse, lo tengo claro.

—¿Y eso? ¿Te han dado calabazas?

—No, pero sé de cierto que...

Ella lo interrumpió y lo arrastró con los demás.

—¡Déjate de tonterías! Tú te vienes y todo irá bien. En el café, te pondré al lado de Margret, estáte atento.

Él, reticente, sacudió la cabeza, pero obedeció y se añadió al grupo. La Kircherspäule procuró entablar conversación con él, pero tuvo que dejarlo correr, porque Ohngelt, con la vista fija hacia adelante, tenía el semblante más tenso y amargado que nadie había visto nunca.

Una media hora más tarde, el grupo llegó al término de la excursión: una pequeña aldea forestal, cuya posada era famosa por su buen café y en las proximidades de la cual se hallaban las ruinas de un castillo, antiguo refugio de conquistadores. En el jardín de la fonda, los jóvenes, que ya hacía rato que habían llegado, estaban enfrascados en bulliciosos juegos. En aquel momento sacaban las mesas de la casa, las arrimaban unas a otras, y acercaban sillas y bancos; después se desplegaron mantelerías limpias y se hizo provisión de tazas, jarras, platos y pastelería. La señora Ohngelt se salió con la suya y logró sentar a su hijo al lado de Margret Dierlamm. Pero éste, desconsolado, hizo caso omiso de su ventaja y, en cambio, fue tomando conciencia de su infortunio; removía maquinalmente la cuchara en el café enfriado y, a pesar de las miradas que le lanzaba su madre, callaba obstinadamente.

Tras la segunda taza de café, algunos de los organizadores decidieron dar un paseo hasta el castillo en ruinas para reanudar los juegos. Los muchachos se alzaron con gran alboroto, y a la propuesta pronto se sumaron las chicas. Margret Dierlamm también se puso en pie y, al levantarse, le entregó a Ohngelt, que continuaba sumido en su desaliento, un bonito bolso adornado con perlas, mientras le decía:

—¿Puede hacerme el favor de guardarlo, señor Ohngelt?, nosotros vamos a jugar.

Él asintió y lo tomó consigo. Ya no le sorprendió que ella diera cruelmente por hecho que él debía quedarse con los mayores en lugar de participar en los juegos. Sólo le sorprendía no haber reparado en todo ello desde el principio: en aquella peculiar amabilidad que le habían mostrado durante los ensayos, en la historia de la pequeña caja, y en todo lo demás.

Cuando ya los jóvenes se habían ido y mientras el resto bebía más café o se entretenía en la charla, abandonó Ohngelt discretamente su asiento y campo a través salió del jardín y se internó en el bosque. El bonito bolso que llevaba en la mano centelleaba alegremente a la luz del sol. Se detuvo delante de un tronco de árbol recién cortado. Sacó su pañuelo, lo extendió en la todavía luminosa y húmeda madera y se sentó encima. Luego, sostuvo la cabeza con las manos y se sumergió en tristes pensamientos. Cuando, echándole otra mirada al llamativo bolso, una corriente de aire le aproximó el eco de los chillidos y alegres gritos del grupo, hundió todavía más su pesada cabeza y se puso a llorar silenciosamente, como un niño.

Permaneció allí sentado cuando menos una hora. Se le secaron los ojos y se disipó su agitación, pero era más lúcido que antes y comprendía lo triste de su circunstancia y lo inútil de sus afanes. En aquel momento, oyó pasos que se acercaban y el crujir de un vestido, y antes de que hubiera podido saltar de su asiento, tenía ya a Paula Kircher de pie a su lado.

—¿Completamente solo? —le preguntó bromeando.

Y al no decir nada él y observarlo ella más atentamente, se puso seria de repente y le preguntó con femenina amabilidad:

—¿Algo va mal? ¿Le ha ocurrido alguna desgracia?

—No —respondió Ohngelt en voz baja y sin recurrir a palabras rimbombantes—. No. Sólo acabo de comprender que no estoy hecho para estar en sociedad. Que yo he sido un bufón para ellos.

—Bueno, no será tanto.

—Sí, exactamente. He sido para ellos un bufón, y especialmente para las chicas. Porque soy bonachón y actúo de buena fe. Tenía usted razón; no debía haber entrado en este círculo.

—Puede usted retirarse y todo se arreglará.

—Claro que puedo retirarme, y mejor hoy que mañana. Pero con hacerlo no se arreglará todo.

—¿Por qué no?

—Porque me he convertido en el blanco de las burlas. Y porque ahora, para colmo de desgracias, ninguna otra...

Tenía un nudo en la garganta y estuvo en un tris de ponerse a llorar. Entonces ella inquirió.

—¿Y por qué ahora ninguna otra...?

Con voz temblorosa, él continuó:

—Porque ahora, por todo lo que ha pasado, ninguna otra chica querrá hacerme caso y tomarme en serio.

—Señor Ohngelt —replicó la Päule lentamente—. ¿No está siendo usted injusto? ¿O piensa usted que yo no le hago caso ni le tomo en serio?

—Sí, eso, sí. Ya lo creo que todavía me hace caso. Pero no es eso.

—Ya, pues entonces, ¿qué es?

—Ay, Dios mío, no debería hablar de esto. Pero me vuelvo loco cuando pienso que al primero que pasa le va mejor que a mí, cuando, al fin y al cabo, también yo soy una persona, ¿no? Pero conmigo... conmigo no quiere casarse ninguna.

Se produjo una larga pausa. Entonces la Päule habló de nuevo:

—Comprendo. ¿Ha preguntado usted a una u otra si le quiere?

—¡Preguntado! No, eso no. Además, ¿para qué? Ya sé de antemano que ninguna querrá.

—Entonces pretende que las chicas se acerquen a usted y le digan: ¡Ay, señor Ohngelt, perdóneme, pero me gustaría tanto que se casara conmigo!

Sí es así, ya puede usted esperar sentado.

—Lo sé —suspiró Andreas—. Ya sabe a lo que me refiero, señorita Päule. Si yo supiera que alguna chica quiere mi bien y que me podría aguantar tan siquiera un poco, entonces...

—¡Entonces, quizá sería usted tan benévolo para guiñarle un ojo o hacerle una señal con el dedo índice para que se acercara! Por el amor de Dios, es usted... es usted...

Diciendo eso, se fue corriendo, pero no con una

carcajada, sino con lágrimas en los ojos. Ohngelt no lo podía ver, pero en su voz y en su forma de huir había notado algo raro que lo empujó a seguirla. Y cuando estuvo a su lado, y sin que ninguno de los dos supiera qué decir, se abrazaron repentinamente y se dieron un beso. Así fue como se comprometió en matrimonio el pequeño Ohngelt.

Cuando volvió al jardín de la posada con su prometida, con quien, a pesar de la vergüenza, iba orgullosamente del brazo, todo estaba ya a punto para la partida y sólo les esperaban a ellos dos. En medio del tumulto general, la sorpresa, los movimientos de cabeza de un lado a otro y las felicitaciones, se presentó la hermosa Margret ante Ohngelt y le preguntó:

—Y bien, ¿dónde ha dejado usted mi bolso?

Consternado, el novio le informó del paradero y, acompañado de la Päule, volvió corriendo a toda prisa hacia el bosque. En el lugar en el que él durante tanto rato había estado sentado y llorando, entre las hojas amarronadas, yacía resplandeciente el bolso. Y su prometida le dijo entonces:

—Es una suerte que hayamos vuelto. También tu pañuelo se había quedado aquí.

EN EL SUR, en el encendido crepúsculo de un día de julio, las cumbres rosadas de las montañas flotaban entre las azules brumas veraniegas; en la campiña hervía sofocante la espesa vegetación; el maíz, alto y recio, estaba rebosante; en muchos campos se había cortado ya el trigo; las flores de los prados y jardines exhalaban dulces y penetrantes fragancias que se mezclaban con el suave y fino olor del polvo de la carretera. Entre el denso verdor, la tierra aún conservaba el calor del día; las fachadas doradas de los pueblos desprendían cálidos destellos nocturnos en el anochecer incipiente.

Una pareja de enamorados iba de un pueblo a otro, lentamente y sin rumbo fijo, por la tórrida carretera. Demoraban el momento del adiós, ya cogidos de la mano, ya enlazados, hombro con hombro. Bellos y gráciles, radiantes con sus ligeras ropas de verano, el calzado blanco, la cabeza al descubierto, arropados por el amor e invadidos por una suave fiebre nocturna. La joven tenía la tez y el cuello blancos, el hombre estaba curtido por el sol. Ambos eran esbeltos y caminaban erguidos; ambos guapos, ambos unidos en aquel instante por el sentimiento de ser una sola cosa, como alimentados e impulsados por un único corazón; ambos, sin embargo, eran claramente distintos y estaban alejados el uno del otro. Vivían el momento en el que la camaradería se transforma en amor y el juego se convierte en destino. Ambos sonreían, y ambos estaban serios, casi tristes.

En aquellos momentos no pasaba nadie por la carretera para ir de un pueblo a otro; ya hacía rato que los campesinos habían terminado su jornada. Los enamorados se detuvieron y se abrazaron cerca de una casa de campo que resplandecía luminosa a través de los árboles, como si aún le diera el sol. Tiernamente, el hombre condujo a la muchacha al borde de la carretera, donde se alzaba un muro bajo. Se sentaron allí para seguir estando juntos, para no tener que volver al pueblo con sus gentes ni reanudar el trecho de camino que aún les quedaba por recorrer. Se quedaron sentados en el muro, silenciosos, debajo de una parra, entre claveles y saxífragas. En medio del polvo y de los olores, les llegaban los murmullos del pueblo: niños que jugaban, el grito de una madre, risas de hombres, el lejano y vacilante sonido de un viejo piano. Sentados tranquilamente, se apoyaban el uno contra el otro, sin decir palabra. Percibían juntos, a su alrededor, el follaje que oscurecía, los aromas que fluían, el aire cálido que se estremecía ante el primer indicio de rocío y frescor.

La muchacha era joven, muy joven y hermosa; el

cuello alto y delgado sobresalía fina y delicadamente de su vaporoso vestido; las cortas mangas dejaban ver la blancura de brazos y manos en toda su gracilidad y esbeltez. Quería a su amigo; creía amarlo de corazón. Sabía muchas cosas de él, lo conocía francamente bien: habían sido amigos durante largo tiempo. A menudo, se habían dado cuenta por un instante de su atractivo, de su diferencia sexual: habían prolongado tiernamente un apretón de manos y, jugando, se habían dado algún que otro beso furtivo. Él había sido su amigo; también había hecho las veces de consejero y confidente; era mayor, más sabio y sólo en alguna ocasión, durante unos segundos, un débil relámpago había cruzado el cielo de su amistad para recordarles breve y oportunamente que entre ellos no sólo había confianza y camaradería, sino que también se interponía la vanidad, la ambición de poder y la dulce hostilidad que desata la atracción entre sexos. En aquel momento eran ésos los sentimientos que estaban en sazón y se manifestaban con todo su ardor.

El hombre también era hermoso, aunque no poseía la juventud ni la íntima pujanza de la joven. Era mucho mayor que ella; había degustado el amor y la vida, había experimentado naufragios y despedidas. En la gravedad de su enjuto y moreno semblante se podía leer la reflexión y el aplomo; el destino le había surcado frente y mejillas. Aquel anochecer, sin embargo, su mirada reflejaba dulzura y abandono. Su mano jugaba con la de ella; corría suave y respetuosamente sobre el brazo y la nuca, sobre el hombro y el pecho de la amiga; tanteaba pequeños y alegres caminos de ternura. Cuando la boca del plácido rostro de ella, escondido en la oscuridad del crepúsculo, fue a su encuentro, tierna y expectante como una flor, sintió que le invadía una oleada de ternura y de renovada pasión. Pero, al mismo tiempo, no podía alejar de su mente el pensamiento de que otros atardeceres de verano también muchas otras amantes habían paseado con él; que también, al acariciar otros brazos y cabellos, al abrazar otros hombros y caderas, sus dedos habían recorrido los mismos tiernos caminos. Que rehacía gestos conocidos y repetía lo vivido; que, para él, aquel tempestuoso sentimiento no era lo mismo que para la muchacha; era algo hermoso y querido, pero ya nada tenía de nuevo e inaudito: no podía vivirlo como algo único y sagrado.

También con esta poción puedo deleitarme, se dijo él, también es dulce y maravillosa; y el amor que yo puedo darle a esta joven en flor puede ser mejor, más sabio, más respetuoso y más puro que el de un jovenzuelo o el que yo mismo hubiera podido brindarle diez o quince años antes. Yo puedo ayudarla a cruzar el umbral de una primera experiencia con más ternura, inteligencia y afecto que cualquier otro, y puedo degustar este noble y refinado vino con más delicadeza y reconocimiento que un joven cualquiera. Pero no puedo ocultarle que tras la embriaguez viene la saciedad; que, tras un primer estadio de exaltación, no podré ser para ella el amante de sus sueños; el que nunca pierde la ilusión. La veré temblar y llorar, pero me habré convertido en una persona fría e interiormente impaciente. Me aterrará —ya ahora me aterra— pensar en el momento en el que ella, al abrir los ojos, deba catar el desencanto; el día en el que, cuando ya no conserve el frescor de otros tiempos, su semblante, ante la visión de la plenitud perdida, se demude repentinamente.

Estaban sentados en el muro, rodeados de vegetación, arrimados el uno al otro; recorridos de vez en cuando por voluptuosos estremecimientos e impulsados a estar cada vez más cerca el uno del otro. Sólo de vez en cuando decían una palabra: una palabra apenas farfullada, pronunciada infantilmente: amor... cariño... criatura... ¿me quieres?

Una niña salió entonces de la casa de campo, cuya luminosidad empezaba en aquel momento a atenuarse. La chiquilla, de unos diez años, iba descalza, sus piernas eran espigadas y morenas, llevaba un vestido corto de tonos apagados y sus largos y oscuros cabellos le enmarcaban el rostro, ligeramente tostado.

Se acercó jugando, indecisa, algo cohibida, con una cuerda de saltar en la mano; sus pies desnudos se deslizaban silenciosos por la calle. Se acercaba con aire travieso y daba caprichosos pasos hacia el lugar donde estaban los enamorados. Al llegar a su altura, su marcha se hizo más lenta, como si no quisiera pasar de largo; parecía que algo la atrayese hacia allí de la misma forma que una mariposa nocturna se siente atraída por la flor de flox. En voz baja, les dirigió un melodioso saludo: *Buona sera*. Desde el muro, la joven le hizo un amable gesto con la cabeza, mientras el hombre correspondía afablemente: *Ciao, cara mia*.

La niña se dispuso a volver, poco a poco, de mala gana, cada vez más dubitativa; al cabo de cincuenta pasos se quedó quieta, dio la vuelta, irresoluta, se acercó de nuevo, se aproximó a la pareja de enamorados, les miró con una sonrisa compungida, se fue otra vez y desapareció en el jardín de la casa.

—¡Qué bonita era! —dijo el hombre.

Al poco rato, sin dar tiempo a que oscureciera mucho más, la niña salió de nuevo al portón del jardín. Se quedó un momento quieta, miró recelosamente hacia la carretera, atisbó el muro, la parra y a la pareja enamorada. Entonces, empezó a correr a un paso rápido por la calle con sus ágiles pies descalzos; alcanzó a la pareja, dio la vuelta corriendo, fue de nuevo hasta el portón, se detuvo un minuto, y así repitió sus solitarias y silenciosas idas y venidas una y otra vez.

Sin decir nada, los enamorados observaban cómo corría, cómo volvía atrás, cómo la pequeña falda oscura se agitaba alrededor de sus largas piernas infantiles. Sentían que aquel vaivén les estaba dedicado; que de ellos emanaba un embrujo, y que la pequeña, en su sueño infantil, vislumbraba el amor y la silenciosa embriaguez de aquel sentimiento.

A continuación las correrías de la niña se transformaron en una danza. Se acercó dando pasos rítmicos, meciéndose, caminando caprichosamente. Al anochecer, aquella pequeña figura solitaria danzaba en medio de la blanca carretera. Su danza era un homenaje; su pequeña danza infantil era una canción, una plegaria al futuro y al amor. Consumó su sacrificio seria y entregada, fue de un lado a otro balanceándose, hasta que finalmente se perdió de nuevo en el sombrío jardín.

—La hemos fascinado —dijo la enamorada—. Ha sentido la presencia del amor.

El amigo calló. Pensó: quizás esta niña, en el hechizo de su danza, ha disfrutado más del amor ahora, en lo que tiene de hermoso y pleno, de lo que jamás pueda llegar a experimentar. Continuó reflexionando: quizá también nosotros dos hemos probado ya lo mejor y lo más profundo del amor, y ahora todo lo que nos quede por vivir no sea más que un mero declive.

Se levantó y ayudó a su amiga a bajar del muro.

—Debes irte —le dijo—. Se ha hecho tarde. Te acompaño hasta el cruce del camino.

Al pasar por delante del portón vieron que la casa de campo y el jardín estaban adormilados. Por encima de la puerta colgaba la flor del granado, cuyo alegre rojo, a pesar de la oscuridad del anochecer, todavía resaltaba intensamente.

Se fueron entrelazados hasta el cruce. Al despedirse, se besaron con fervor, se soltaron, se separaron, dieron la vuelta de nuevo, se besaron otra vez; el

beso ya no les saciaba, sólo les procuraba mayor avidez. La chica empezó a alejarse rápidamente y él la siguió con la mirada durante largo rato. Pero, incluso
entonces, sintió que llevaba consigo el lastre del pasado; ante sus ojos se reprodujeron escenas de otros
tiempos: otros adioses, otros besos nocturnos, otros labios, otros nombres. Le invadió la tristeza. Volvió lentamente por la carretera, mientras las estrellas asoma-
ban sobre los árboles.

Aquella noche, en la que no durmió, sus reflexio-
nes le llevaron a la siguiente conclusión:

Es inútil repetir lo que ya se ha vivido. Todavía
podría querer a muchas mujeres, quizás aún durante
años les podría ofrecer mi intensa mirada, mis tiernas manos y mis sabrosos besos. Pero debe uno
aceptar que llega el momento de despedirse de todo
esto. Llegada la ocasión, la despedida, que hoy todavía puedo aceptar voluntariamente, se produce en
medio de la derrota y la desesperación. Así que la re-
nuncia, que hoy es un triunfo, mañana sería sólo vergüenza. Por todo esto, debo renunciar hoy: es hoy
cuando debo despedirme de todo ello.

Mucho he aprendido hoy y mucho me queda todavía por aprender. Debo aprender de esa niña que,
con su silenciosa danza, nos ha cautivado. Al ver a
una pareja enamorada en el crepúsculo, ha florecido
en ella el amor. Una ola prematura, un presenti-
miento del placer, inquietante y hermoso a la vez, ha
recorrido sus venas y, como todavía no puede amar,
se ha puesto a danzar. Así pues, también yo debo

aprender a danzar; debo cambiar la ávida búsqueda del placer por la música, la sensualidad por la plegaria. Sólo así seré siempre capaz de amar; no tendré por qué revivir inútilmente el pasado. Es éste el camino que quiero seguir.

LOS VIEJOS VAGONES que recorren Gotthard no se caracterizan precisamente por su comodidad, pero están provistos de un agradable y gentil detalle en el mobiliario que a mí siempre me ha gustado y que me parece digno de ser imitado. Me refiero a los compartimentos para fumadores y no fumadores: están separados por puertas que no son de madera, sino de cristal, y cuando un pasajero se despide momentáneamente de su mujer para irse a fumar, ambos pueden observarse y saludarse de vez en cuando a través de la puerta transparente.

Un día, iba yo hacia el sur en uno de esos vagones con mi amigo Othmar, y ambos compartíamos aquel estado de ánimo expectante fruto de la euforia vacacional y de la impaciencia, entre inquieta y feliz, propia de los años jóvenes, cuando uno va hacia Italia por el famoso túnel y atraviesa la gran montaña. La nieve derretida fluía con afán por las escarpadas paredes rocosas; entre las barandas de hierro de los puentes, a una impresionante profundidad, refulgía el agua espumosa; el humo de nuestro tren invadía el túnel y los desfiladeros, y cuando uno se asomaba a la ventana y alzaba la vista, veía a lo alto, muy arriba, más allá de los grises peñascos, apacibles paisajes nevados y una pequeña rendija de frío cielo azul.

Mi amigo estaba sentado con la espalda apoyada en la pared medianera del vagón, mientras que yo, enfrente, podía atisbar a los no fumadores a través de la puerta de cristal. Consumíamos largos y buenos cigarros de Brissago y bebíamos, por turnos, una botella de buen vino de Yvorne. Todavía hoy es posible adquirir ese vino en el mostrador de la estación de Göschen, y cuando paso por Tesino en dirección sur nunca me olvido de comprarlo. Hacía un tiempo espléndido, teníamos vacaciones y dinero suficiente y no nos movía otro empeño que el de dejarnos llevar felizmente, juntos o cada uno por su lado, por el antojo y las circunstancias.

El Tesino nos deslumbraba con sus rojizos y luminosos peñascos, con sus altos pueblos blancos y sus sombras azuladas. Justo en aquel instante estábamos atravesando el túnel, y por el retumbar del tren uno se percataba de que éste corría cuesta abajo. Nos mostrábamos uno al otro las hermosas cascadas, las empequeñecidas cimas montañosas —que, observadas desde abajo, parecían haber encogido considerablemente—, los campanarios de las iglesias y las casas de campo. Todo en éstas preludiaba el sur: las glorietas aireadas, los alegres y luminosos colores; y en las fondas, los rótulos en italiano.

Mientras tanto yo ponía todo mi interés en mirar

hacia el compartimento de los no fumadores a través del cristal y de los travesaños de latón. Justo enfrente había un pequeño grupo de personas que tenían todas las trazas de ser alemanes del norte: eran una pareja bastante joven y un hombre campechano, algo mayor, que los acompañaba. Debía de ser un amigo, un tío o un simple conocido de viaje. El joven, de quien yo no podía deducir si estaba casado con la muchacha o era sólo un pariente, mostraba un dominio de sí mismo a toda prueba y una seriedad imperturbable tanto hacia la, para mí, inaudible conversación como hacia el paisaje de su alrededor. Inmediatamente, basándome sólo en su semblante algo reservado, lo encasillé como uno de esos funcionarios expeditivos a quienes tanto debe la prosperidad actual del Imperio alemán. En cambio, el amigo o tío parecía ser un buen hombre inofensivo y poseer con creces el humor del que carecía su vecino. Resultaba interesante ver y comparar a los dos personajes, uno junto al otro: el hombre campechano, todo buena voluntad y plácido talante, sintetizaba una época y una forma de ser ya extinguidas, y con su sonrisa parecía despedir aquellos viejos tiempos; el otro representaba la nueva generación floreciente: frío, conocedor de su fuerza, cultivado y con el tipo de insensibilidad que tan útil resulta para lograr las metas perseguidas.

Sí, aquel contraste era interesante, y empecé a reflexionar más y más sobre ello. De todos modos, mis miradas se iban posando una y otra vez con curiosidad en el rostro de la mujer joven o muchacha que, a mi modo de ver, poseía una belleza casi perfecta. Su bonita boca, de color rojo amapola y algo aniñada, resplandecía en un puro semblante de cuidada tersura, bastante joven aún. Bajo las negras y largas pestañas, se veían los grandes ojos azul oscuro. Y, en medio de la inmaculada blancura de su piel, las cejas y cabellos oscuros emergían con un encanto particularmente intenso. Era, sin duda alguna, muy hermosa; iba bien vestida y desde Göschen llevaba un fino pañuelo blanco de viaje para proteger sus cabellos del polvo.

Con gozo renovado, me placía contemplar en todo momento y sin ser visto aquel fascinante rostro femenino hasta el punto de familiarizarme con él. En ocasiones, ella parecía notar mi admiración y hasta permitirla; o al menos, no se molestaba en eludir mi mirada, lo que fácilmente habría podido hacer si se hubiera recostado más atrás o hubiera intercambiado el asiento con el de su acompañante. Éste, que quizás era su marido, iba destacando cada vez más a mis ojos, y cuando me paraba a pensar por un instante en él, lo hacía de una forma desapegada y crítica. Podía ser todo lo sesudo y ambicioso que quisiera, sí, pero al fin y al cabo, no era más que un fatuo sin alma y en absoluto digno de una mujer como aquélla. Poco antes de que llegáramos a Bellinzona, a mi amigo Othmar le empezaron a causar cierta extrañeza mis distraídas respuestas y mis desganadas miradas hacia aquel paisaje formidable, que él se empeñaba solícito en señalarme con el dedo. Aún no le había dado tiempo a concebir sospecha alguna cuando, ya de pie, miraba inquisitivamente a través de la puerta de cristal. Una vez hubo descubierto a la hermosa no fumadora, se sentó en el respaldo de su banco y empezó también a dirigir ávidas miradas hacía allí. No dijimos una palabra, pero el semblante de Othmar estaba sombrío, como si yo le hubiera infligido una traición. Sólo se dignó a hacerme una pregunta cuando llegábamos a las proximidades de Lugano:

—¿Desde cuándo está este grupo en nuestro vagón?

—Creo que desde Flüelen —le contesté, lo que no era del todo verdad, puesto que recordaba perfectamente que aquellos señores habían subido justo en dicha parada.

Callamos de nuevo, mientras Othmar me daba la espalda. Por más incómoda que le resultara aquella posición, con el cuello torcido, él no apartaba los ojos de la bella muchacha.

—¿Quieres ir hasta Milán? —preguntó de nuevo tras una larga pausa.

—No sé, me da igual.

Cuanto más callábamos y cuanto más nos rendíamos embelesados a la hermosa escena de enfrente, tanto más nos percatábamos, cada uno por su cuenta, de que resultaba un verdadero engorro tener que depender de alguien durante el viaje. Bien es verdad que teníamos por delante toda la libertad del mundo y habíamos acordado que, sin necesidad de dar explicaciones, cada uno seguiría únicamente el dictado de su corazón; sólo que en aquel momento parecían existir ciertas trabas y dificultades de por medio. Cada uno, de haber estado solo, habría tirado su largo cigarro de Brissago por la ventana y, tras atusarse el bigote, se habría ido a por un poco de aire fresco al vagón de los no fumadores. Sin embargo, eso no lo haría ni el uno ni el otro, ni tampoco nos permitiríamos ningún tipo de confesión mutuamente; cada uno se sentía interiormente molesto y le reprochaba al otro el estar allí sentado y estorbar. La situación llegó a ser insoportable, y como yo anhelaba restablecer la paz, encendí de nuevo mi cigarro apagado y, al tiempo que bostezaba afectadamente, le dije:

—Mira, yo me bajo en Como. Este viaje interminable en tren es para volver loco a cualquiera.

Sonrió amablemente:

—¿Ah sí? Yo me encuentro la mar de bien, sólo el vino de Yvorne me hace estar un poco espeso. Con esos vinos del oeste de Suiza es siempre la misma historia: uno los bebe como agua y después se suben a la cabeza. Pero por mí no te tomes ninguna molestia. Seguro que nos encontraremos de nuevo en Milán.

—Sí, claro. Es agradable volver al palacio de Brera e ir a la Scala por la noche. Tengo ganas de disfrutar de la buena música de Verdi.

De pronto, nos hallábamos conversando de nuevo, y Othmar parecía de tan buen humor, que yo ya casi me arrepentía de mi decisión. Así que en mi fuero interno resolví que bajaría en Como, pero para continuar el trayecto en otro vagón. Total, eso no le incumbía a nadie y, en resumidas cuentas...

Habíamos dejado atrás Lugano y la frontera y entrábamos en Como; el viejo villorrio descansaba perezoso bajo el sol del atardecer; en lo alto de la montaña de Brunate sonreían irónicamente los enormes reclamos publicitarios. Le di la mano a Othmar y cogí mi mochila.

Desde que habíamos cruzado la aduana estábamos sentados en vagones italianos; las puertas de cristal habían desaparecido y, con ellas, la bella alemana del norte, pero sabíamos que continuaba en el tren. Me bajé y, mientras aún dubitativo tropezaba con las vías, vi llegar de repente al hombre mayor, a la bella muchacha y al licenciado en derecho. Iban cargados con su equipaje y, chapurreando italiano, se disponían a llamar a un mozo. Acto seguido les ofrecí mi ayuda, y una vez les fueron proporcionados los servicios de un mozo y un taxi, los tres se dirigieron hacia el pueblecito. Yo confiaba en verlos de nuevo, puesto que había oído el nombre de su hotel.

Justamente entonces el tren silbó y abandonó la estación; hice un gesto de salutación hacia arriba, pero ya no vi a mi amigo en la ventanilla. En cualquier caso, aquéllo le estaba bien empleado. Me fui andando tan contento hasta Como, me alojé en un hotel, me arreglé, y me senté en la Piazza a tomar un vermut. No esperaba grandes aventuras, pero me apetecía reencontrarme con el pequeño grupo en cuestión aquella misma noche. Tal como había podido observar en la estación, la pareja era efectivamente un joven matrimonio, por lo que desde aquel momento mi interés por la esposa del futuro funcionario había pasado a ser de orden puramente estético. A fin de cuentas, ella era guapa, extraordinariamente guapa...

Tras la cena, me fui a pasear sin prisas, mudado y bien afeitado, hacia el hotel de los alemanes; llevaba un hermoso clavel amarillo en el ojal y el primer cigarrillo italiano en los labios.

En el comedor no había nadie, todos los huéspedes estaban sentados o paseaban detrás del edificio, en el jardín, bajo las grandes marquesinas de rayas rojas y blancas que durante el día se instalaban para proteger del sol. En una pequeña terraza que daba al lago había adolescentes con cañas de pescar; en las mesas individuales, se bebía café. La bella dama, acompañada por su marido y por el tío, caminaba por el jardín; era obvio que estaba en el sur por vez primera: tocaba las hojas de una camelia, duras como el cuero, con la extrañeza de una colegiala.

Pero no fue poca mi sorpresa cuando me percaté de que, detrás de ella, mi amigo Othmar merodeaba con paso indolente. Me retiré y pregunté al portero; el señor se hospedaba allí, en aquel hotel. Así, pues, debía de haber descendido del tren secretamente a mis espaldas. Me sentí engañado.

Sin embargo, el asunto tenía más de ridículo que de lamentable. Mi arrobo se había apagado. No se albergan grandes esperanzas hacia una joven mujer que está en su viaje de luna de miel. Le dejé vía libre a Othmar y me hice el escurridizo antes de que pudiera darse cuenta de mi presencia. Desde fuera lo vi de nuevo a través del vallado justo en el momento en que paseaba como si nada por delante de los forasteros y le lanzaba una inflamada mirada a la mujer. También observé el semblante de ella, pero mi encaprichamiento se había disipado, y aquellos bonitos rasgos parecían haber perdido algo de su encanto y se habían vuelto un tanto vacíos e insignificantes.

Al día siguiente, al subir a primera hora de la mañana al viejo tren que iba a Milán, Othmar ya estaba allí. Recogió del portero su bolsa de mano y subió detrás de mí, como si nada hubiera pasado.

—Buenos días —dijo tranquilamente.

—Buenos días —le respondí—. ¿Has visto? Hoy por la noche, en la Scala, representarán *Aida*.

—Sí, sí, ya lo sé. ¡Es fantástico!

El tren empezó a rodar, dejando atrás el pueblecito.

—Por cierto —dije para reanudar la conversación—, la guapa mujer del licenciado en derecho tiene algo de muñeca. Finalmente me ha decepcionado. Bien mirado, no es tan hermosa como parece. Es atractiva y nada más.

Othmar asintió con la cabeza.

—Él no es licenciado en derecho —dijo él—, es un comerciante y también subteniente en la reserva. Sí, tienes razón. Esa mujer es sólo una niña bonita. Cuando me di cuenta de ello, me quedé súbitamente conmocionado. ¿No reparaste en que tenía los defectos que más afean una cara hermosa? ¿No? Tiene una boca demasiado pequeña, la pobre! Es horrible ¡No sabes cómo me afectan esos detalles!

—También parece un poco coqueta —insistí de nuevo.

—¿Coqueta? ¡No lo sabes bien! Te puedo decir que el tipo jovial es el único simpático de los tres. ¿Sabes? Ayer me resultaba inconcebible que aquel pequeño petrimetre pudiera merecérsela. Y ahora sólo me da lástima, verdadera lástima. Aún se llevará una buena sorpresa. Pero quizás el tipo será feliz con ella. A lo mejor nunca se dará cuenta.

—¿De qué?

—¡De que ella es sólo apariencia! No es más que una bella máscara, hermosa por fuera y sin nada por dentro, nada de nada.

—Oh, pues yo no la considero tonta ni mucho menos.

—¿No? Entonces, baja y ve hacia Como; todavía se quedan ocho días más. He tenido la desgracia de conversar con ella. Venga, no hablemos más de esto. Estoy contento de llegar a Italia. Aquí aprende uno de nuevo a ver la belleza como algo natural.

También yo estaba satisfecho y al cabo de dos horas caminábamos felices y ociosos por Milán y mirábamos con placer y sin ningún atisbo de mutua envidia a las hermosas mujeres que, como reinas, se nos cruzaban en aquella bendita ciudad.

DE ESTO HACE ya mucho tiempo. Los señores se habían instalado con sus ostentosas tiendas delante de Kanvoleis, la capital de la tierra de Valois. Cada día comenzaba de nuevo el torneo, cuya recompensa era la reina Herzeloyde, la joven viuda de Kastis, la hermosa hija de Frimutel, rey de los Graal. Entre los participantes, se encontraban los grandes señores: el rey Pendragon de Inglaterra, el rey Lot de Noruega, el rey de Aragón, el duque de Brabante, condes célebres, caballeros y héroes como Morholt y Riwalin; sus nombres se mencionan en el segundo canto de *Parzival* de Wolfram von Eschenbach. Algunos luchaban para obtener gloria militar, otros lo hacían por los hermosos y tímidos ojos azules de la joven reina; la mayoría, sin embargo, se batía con el fin de adquirir su tierra, rica y fecunda, sus ciudades y su fortaleza.

Además de muchos augustos soberanos y célebres héroes, se había congregado allí una considerable multitud de anónimos caballeros, de aventureros, bandoleros y pobres diablos. Muchos de ellos ni siquiera tenían su propia tienda; campaban aquí y allá, a menudo a cielo descubierto en medio de los campos, con un abrigo por toda protección. Dejaban que sus caballos pacieran en los prados de los alrededores; acudían, fueran o no invitados, a las mesas ajenas para conseguir comida y bebida, y, especialmente si tenían la intención de concursar, depositaban todas sus esperanzas en la suerte y el azar. En realidad, sus probabilidades de éxito eran muy reducidas porque tenían malos caballos. Montado en un mal rocín, ni el más intrépido puede lograr gran cosa. De ahí que muchos ya ni se planteasen vencer y no se propusieran nada más que estar allí, tomar parte en el espectáculo y sacarle algún provecho a todo ello. Estaban todos de muy buen humor. Cada día se organizaban banquetes y fiestas, tanto en el castillo de la reina como en los campamentos de los señores ricos y poderosos, y muchos de los caballeros pobres se alegraban de que el resultado de las apuestas se fuera demorando día tras día. Paseaban montados a caballo, cazaban, conversaban, bebían y jugaban, contemplaban el torneo, participaban ocasionalmente en él, cuidaban a los caballos heridos, observaban el pomposo despliegue de los grandes, no se perdían detalle y se concedían así unos días agradables.

Entre los luchadores pobres y sin gloria había uno que se llamaba Marcel; era el hijastro de un pequeño barón del sur, un guapo y algo famélico joven caballero que no tenía más que una armadura modesta y un jamelgo débil apodado Melissa. Como los demás, había ido hasta allí para saciar su curiosidad, para probar suerte, y sentirse un poco partícipe del bullicio y de la suntuosidad reinante. El tal Marcel se había labrado una cierta fama entre sus semejantes, y también entre algunos distinguidos caballeros, no precisamente como paladín sino como trovador y juglar, puesto que era muy diestro en componer y cantar sus canciones acompañado del laúd. Se sentía bien en medio de la agitación, que le recordaba las ferias anuales, y aspiraba únicamente a que aquel alegre campamento, con toda su espectacularidad, durara todavía una buena temporada. Fue entonces cuando el duque de Brabante, su bienhechor, le exhortó a participar en la cena que organizaba la reina en honor de los nobles caballeros. Marcel se fue con él a la capital y, ya en el castillo, ambos vieron resplandecer la sala con magnificiencia y pudieron deleitarse con manjares y bebidas. Pero el pobre joven no salió de allí con el corazón alegre. Había visto a la reina Herzeloyde, oído su voz, clara y vibrante y degustado sus dulces miradas. Desde aquel momento su corazón empezó a palpitar de amor por aquella augusta dama, que, no por parecer tan suave y modesta como una muchacha, dejaba de serle superior e inaccesible.

Bien es cierto que, como cualquier otro caballero, podía luchar por ella. Tenía vía libre para probar fortuna en el torneo. Sólo que ni su caballo ni sus armas estaban en unas condiciones especialmente buenas; tampoco podía ser considerado un gran héroe. A pesar de ello, no tenía miedo alguno y por momentos se sentía plenamente dispuesto a arriesgar su vida por la reina venerada. Pero sus fuerzas no podían compararse a las de Morholt o el rey Lot, ni siquiera a las de Riwalin o a las de cualquier otro héroe; eso lo sabía de sobra. Con todo, no estaba dispuesto a renunciar. Alimentó su caballo Melissa con pan y heno fino, que tuvo que mendigar; se cuidó a sí mismo comiendo y durmiendo regularmente, y limpió y restregó con gran esmero su algo deslucida armadura. Algunos días después, por la mañana temprano, se dirigió hacia el campo y se presentó en el torneo. Se batió con un caballero español: ambos se abalanzaron al galope·con sus largas lanzas uno contra el otro y Marcel y su rocín acabaron derribados. La sangre fluía de su boca y le dolían todos los miembros, pero se levantó sin ayuda, se llevó consigo a su trémulo caballo y fue a lavarse en un arroyo recóndito, en el que pasó el resto del día solo y humillado.

Al anochecer, al volver al campamento y cuando ya ardían aquí y allá las bujías, le llamó el duque de Brabante por su nombre.

—Ya veo que hoy has probado tu suerte con las armas —le dijo, bondadoso—. La próxima vez que tengas ganas de intentarlo, coge uno de mis caballos, amigo mío, y si vences, considéralo tuyo. ¡Pero ahora deja que nos divirtamos y cántanos una bonita canción tras la jornada de hoy!

El modesto caballero no estaba para canciones ni alegrías. Pero, en aras del caballo prometido, aceptó. Entró en la tienda del duque, bebió un vaso de vino tinto y accedió a que le llevasen el laúd. Cantó una canción, y después otra. Los compañeros y señores lo alabaron y bebieron a su salud.

—¡Que Dios te bendiga, trovador! —exclamó complacido el duque—. Abandona los combates y ven conmigo a la corte; podrás darte la gran vida.

—Sois bondadoso —dijo Marcel suavemente—, pero me habéis prometido un buen caballo, y antes de pensar en otra cosa quiero volver a luchar. ¿De qué me servirían la buena vida y las hermosas canciones, si sé que otros caballeros se baten para conseguir la gloria y el amor?

Uno de ellos se echó a reír:

—¿Queréis conseguir a la reina, Marcel?

Él continuó:

—A pesar de no ser más que un caballero pobre, quiero lo mismo que queréis vosotros. Aunque no pueda obtener su mano, sí puedo luchar y dar mi sangre por ella, sufrir la derrota y el dolor. Para mí es más dulce morir por ella que darme una buena vida sin ella. Y por si alguien quiere burlarse de lo que acabo de decir, aquí tengo, caballeros, mi afilada espada.

El duque les exhortó a poner paz, y pronto se fueron todos a descansar a sus respectivas tiendas. Iba también el trovador a retirarse cuando el duque lo retuvo con un gesto. Lo miró a los ojos y le dijo con benevolencia:

—Eres muy joven, hijo. ¿Quieres luchar a todo trance por una quimera con todo lo que comporta de peligro, sangre y dolor? Bien sabes que no puedes convertirte en el rey de Valois ni hacer de la reina Herzeloyde tu amante. ¿De qué te sirve derribar a uno o dos caballeros de poca monta? ¡Para lograr tus fines tendrías que matar a los reyes, a Riwalin e incluso a mí y a todos los héroes aquí presentes! Por eso te digo: si quieres luchar, empieza conmigo, y si no puedes vencerme, abandona tu quimera y ponte a mi servicio, tal y como ya te he ofrecido.

Marcel enrojeció, pero respondió sin vacilar:

—Os lo agradezco, señor duque, y mañana mismo quiero batirme con vos.

Se fue inmediatamente a buscar su caballo. El animal lo recibió resoplando amistosamente, comió pan de su mano y apoyó la cabeza en su hombro.

—Sí, Melissa —dijo en voz baja mientras le acariciaba la cabeza—, ya sé que me quieres, Melissa, mi pequeño caballo, pero hubiera sido mejor perecer en el bosque mientras veníamos hasta aquí antes que llegar a este lugar. Que duermas bien, Melissa, mi pequeño caballo.

A la mañana siguiente, a primera hora, se dirigió hacia Kanvoleis y vendió su caballo Melissa a un habitante de la ciudad para obtener a cambio yelmo y escarpes nuevos. Mientras se alejaba, el animal alargaba el cuello hacia él, pero Marcel continuó su camino y no se volvio para mirarlo. Un mozo del duque le proporcionó entonces un rojizo semental, joven y fuerte, y al cabo de una hora, el duque en persona se presentó para batirse en duelo con él. Al ser un señor noble el que luchaba, se agolparon los curiosos. En el primer asalto no ganó ninguno de los dos, ya que el duque de Brabante fue indulgente con él. Pero después, enojado con aquel joven insensato, lo embistió con tal violencia que Marcel cayó hacia atrás, quedó colgando del estribo y fue arrastrado por el semental.

Mientras el aventurero, con heridas e hinchazones por todo el cuerpo, yacía en una tienda del servicio del duque donde se le prodigaban cuidados, por la ciudad y el campamento creció el rumor de la inminente llegada de Gamureth, el héroe célebre en todo el mundo. Apareció con toda pompa y fastuosidad; ya su nombre le había precedido rutilante como una estrella. Los grandes caballeros fruncieron el entrecejo; los pobres y humildes fueron a su encuentro alborozados, mientras que la hermosa Herzeloyde, ruborizada, lo seguía con los ojos. Algunos días después se acercó Gamureth sin prisas al campamento; empezó desafiando y luchando y acabó por derribar a los grandes caballeros, uno tras otro. No se hablaba de otra cosa: él era el vencedor; a él le correspondían la mano y las tierras de la reina. Los rumores, difundidos por todo el campamento, llegaron también a oídos de Marcel, todavía doliente. Por ellos supo que ya no podía albergar esperanzas para con Herzeloyde; oyó cómo elogiaban y ensalzaban a Gamureth y deambuló silencioso por la tienda, apretando los dientes y deseando que le llegara la muerte. Aún hubo de saber más. Efectivamente, lo visitó el duque, le regaló vestidos y le habló del ganador. Y Marcel se enteró de que la reina Herzeloyde palidecía y enrojecía de amor por Gamureth. Del tal Gamureth le llegó la noticia, sin embargo, de que no sólo era un caballero de la reina Anflise de Francia, sino que en tierras paganas también había dejado a una princesa morisca de piel negra, de quien había sido esposo. Cuando el duque hubo partido, se levantó con esfuerzo de su lecho, se vistió y, a pesar del dolor, fue a la ciudad para ver al vencedor, a Gamureth. Y lo vio: era un luchador, moreno y violento; un titán de poderosos miembros que le hizo pensar en un matarife. Logró introducirse furtivamente en el castillo y mezclarse entre los invitados sin ser visto. Allí avistó a la reina, aquella dulce mujer de frágil aspecto que, ardiendo de felicidad y vergüenza, ofrecía sus labios al héroe advenedizo. Sin embargo, ya hacia el final del banquete fue reconocido por su bienhechor, el duque, que lo hizo acercarse.

—Permitidme —dijo el duque a la reina— que os presente a este joven caballero. Se llama Marcel y es un trovador con cuyo arte nos deleita a menudo. Si lo deseáis, puede interpretarnos una canción.

Herzeloyde respondió al duque y también al caballero asintiendo amablemente con la cabeza, sonrió y solicitó que le llevaran un laúd. El joven caballero estaba pálido; hizo una profunda reverencia y tomó titubeante el instrumento. Pero pronto sus dedos acariciaron ágilmente las cuerdas, mientras mantenía la mirada fija en la reina y cantaba una canción que en otros tiempos había compuesto en su país.

Como estribillo había insertado dos versos simples tras cada estrofa que, inspirados en su corazón herido, resonaban con tristeza. Y aquellos dos versos, entonados aquella noche por primera vez en el castillo, pronto alcanzaron una gran popularidad más allá de aquel lugar y fueron cantados con harta frecuencia. Sonaban así:

Plaisir d'amour ne dure qu'un moment,
Chagrin d'amour dure toute la vie.

Acabada la canción, acompañado por el claro resplandor de las bujías, que se filtraba a través de las ventanas, Marcel abandonó el castillo. En plena noche, no volvió al campamento sino que partió en otra dirección, fuera de la ciudad. De esa forma, libre de la caballería, se dedicó a llevar la vida errante de un tañedor de laúd.

Aquellas fiestas son agua pasada, y de las tiendas ya no queda nada; ya hace años que el duque de Brabante, el héroe Gamureth y la hermosa reina están muertos; nadie se acuerda de Kanvoleis ni de los torneos de Herzeloyde. Al cabo de los siglos sólo se han salvado sus nombres, que nos parecen extraños y trasnochados, y los versos del joven caballero, que todavía se cantan hoy.

EL CABALLERO SOBRE EL HIELO (1900). Ha sido editado con distintos títulos. Primera edición en *Rheinisch Westfälische Zeitung*, Essen 1901. Primera edición en forma de libro con el título «Sobre el hielo» en *El arte del ocio*. Incluido como prosa corta en *Obra Póstuma* (Volker Michels, Frankfurt am Main 1973).

ACERCA DE LOS DOS BESOS. Forma parte de la historia «El narrador» (1902). Primera edición *en Die Schweiz*, Zurich, noviembre 1902. Incluido en *Relatos*, Berlín 1935.

CARTA DE UN ADOLESCENTE (1906). Primera edición en *Simplicissimus*, Munich, marzo 1907. Primera edición en forma de libro en *El arte del ocio*, Frankfurt am Main, 1973.

AMOR (1906). Primera edición en *Neue Freie Presse*, Viena, marzo 1906. Primera edición en forma de libro en *El arte del ocio*, Frankfurt am Main, 1973.

VÍCTIMA DEL AMOR. Primera edición en *Simplicissimus-Kalender*, 1907. Primera edición en forma de libro cn *El arte del ocio*, Frankfurt am Main, 1973.

LA PETICIÓN DE MANO. Editado en *Märtz*, Munich, septiembre de 1908 con el título *Una historia de amor*. Incluido en *Los vecinos*, Berlín 1908.

LO QUE VIO EL POETA AL ANOCHECER (1924). Primera edición en *El arte del ocio*, Frankfurt am Main, 1973.

LA NO FUMADORA. Primera edición en *Berliner Tageblatt*, agosto 1913. Primera edición en forma de libro en *Pequeños amigos*. Incluido como prosa corta en *Obra Póstuma*, (Volker Michels, Frankfurt am Main 1973).

CHAGRIN D'AMOUR. (1907). Primera edición en *Simplicissimus-Kalender*, 1907. Incluido en *Relatos*, Berlín 1935.